7
未実装のラスボス達が仲間になりました。
The unimple mented end-stage enemys have joined us!

「勘違いから私の行動を不審がり、
貴方の攻撃により作戦そのものを
台無しにされかけました。
さらに、勘違いをそのまま
主様に伝え、この地に
呼び寄せたのも貴方でしょう」
「事を荒立てた第三位が全ての原因です」
「おい！
我を巻き込むな！」

「それを言うなら、共謀した上で黙っていたバートランドこそ真の裏切り者ではないか」
「ガララスの旦那が早とちりしなければ丸く収まってたのによォ」
「過程の話なんてどうでもいいのよ。主様を騙したのは事実でしょ」
あーでもないこーでもないと続ける魔王達に、修太郎は思わず吹き出した。

（皆、僕の味方でいてくれる。
それが知れただけで僕は戦えるよ）
何かを決意したように立ち上がった修太郎は、
怯える人達に向け口を開いた。
「僕の仲間は、
全員モンスターです」

未実装のラスボス達が仲間になりました。

The unimplemented end-stage enemys have joined us!

7

Author
ながワサビ64
Illust. かわく

Presented by Nagawasabi64
Illustration Kawaku

eb!
enterbrain

TENTS

activation {Dungeon Generation}

VRMMORPG 《eternity》

CON

The unimple
mented
end-stage enemys
have joined us!

contract: { BOSS MOB }

The Six Demon Kings
and the Lord of the Dungeon

Chapter01: 第1話

The unimplemented end-stage enemys have joined us!

カロア城下町に少年が呆然《ぼうぜん》と佇《たたず》んでいた。

鈍色《にびいろ》の鎧《よろい》に身を包んだ少年は、顔、胸、腰と何かを確認するように恐る恐る触ってゆく。

「助かった……のか？」

背中でクロスさせた二本の剣が揺れる。

「ッ！　ケットルは!?」

咄嗟《とっさ》に辺りを見渡すショウキチは、先ほどまで隣にいたはずの少女の姿を探す——。

「ショウキチッ！」

「ぐえっ！」

抱き付かれる形で転倒したショウキチは、その人物が誰であるかを理解し、涙が溢《あふ》れた。

「バーバラ!!」

「無事だったのね！　良かったァ……!!」

涙でぐちゃぐちゃになりながら、互いの無事を確かめるように固く強く抱きしめ合う二人。

「なんで……なんで俺達を助けたんだよ!?　そんなことされても俺……」

「馬鹿言わないで。可愛《かわい》い弟分と妹分の方が自分の命よりずうっと大事に決まってるじゃない」

ショウキチは言いたい言葉を全て飲み込み、バーバラの無事を心から喜んだ。

「でも、でも俺、結局襲われて……」

「私も……あれ……?」

再会の興奮が落ち着き、冷静になった二人の思考が停止する。最後の記憶は間違いなく〝天使に攻撃された光景〟であるのに、こうして生きているのはなぜだろう、と。

「ショウキチ!!　バーバラ!!」

人の群れをかき分け現れたのは死んだはずのラオ、怜蘭《レイラン》、キョウコだった。

「みんなッ!」

倒れていた二人も三人に駆け寄り、再び固く抱きしめ合う。

「ほんとうに……よかった……奇跡ってあるのね……!」

心から安堵《あんど》したように泣きじゃくるバーバラ。

三人も涙ぐみ力強く頷《うなず》いている。

しかしショウキチの心は別のところにあった。

「な、なぁケットルを見なかったか!?」

妙に人が多い周囲を見渡しながら、心配した様子でショウキチが尋《たず》ねた。

「えっ？」

「じゃ、じゃあまさかケットルだけ……？」

最悪を想像し顔を青くさせるショウキチに、怜蘭が何かを操作しながら答えた。

「ケットルちゃんも無事みたい。というか、私達は無事だったわけじゃない。たぶん実際死んでたのよ」

「はぁ？　なんだそれ。意味分かんないぞ」

「私も詳しくは分からない。でも見て、フレンド欄の人達が軒並《のきな》み〝オンライン〟になってる。過去に死んだ人も含めてね。これって多分全員が生き返ったって意味だと思う」

それに倣《なら》ってショウキチもフレンド欄を開くと、確かに全員がオンラインの状態で表示された。その中にケットルの名前や修太郎《しゅうたろう》の名前を見つけ、長い長い安堵のため息を吐《つ》く。

なぜ生き返れたのか。

その疑問は残ったままだが――。

「まぁ死ぬ瞬間の光景も覚えてるしな。死んだって感覚もなんとなく分かる」

そう言って頬《ほお》をかくラオ。

「私なんて自分の命を使って発動するスキルを使いましたし……生きてる方がおかしいです」

と、苦笑を浮かべるキョウコをジロリと睨《にら》みつけるバーバラ。

「貴女《あなた》はもう……根に持つからね……」

「す、すみません」

「反省会は後にしようぜ！　いま問題なのは！　ケットルは無事だけどここにはいないってこと。じゃあ探さなきゃだろ!?」

そう息巻くショウキチに、怜蘭は冷静な様子で待ったをかけた。

「私達が死んでからそんなに時間は経《た》ってないみたいよ——ほら見て、皆が混乱しないように〝対応〟してくれてる。ケットルちゃんも安全な場所にいるかもしれない」

そう言って見せてきたメール画面には、

差出人：ルミア

このメールを見られた皆様へ。

どうか冷静に最後まで読んでください。

皆様はなんらかの理由で一度亡《な》くなり、
そしてなんらかの理由で蘇《よみがえ》りました。

現在ゲーム開始から約半年が経過しています。

混乱するかと思いますがこれは事実です。

亡くなる原因となった場所、人物などはどうか今だけ忘れてください。冷静にアリストラスに集まり指示を待ってください。

紋章《もんしょう》ギルドが責任を持って保護いたします。

どうか冷静に行動してください。


それは紋章ギルドによる必死の呼びかけメールであった。このメールを読めば自分がいつから死んでいたのか、この後どうすればいいかが理解できるようになっていた。

「流石《さすが》……仕事が早いわね」

感心するように頷くバーバラ。

「な、ならケットルもどっかで保護されてるんだよな！　無事ってことだよな⁉」

「きっとそうだと思う」

よかったぁと腰が抜けたようにへたり込むショウキチ。そんな彼をラオは軽々と持ち上げ肩に担《かつ》いだ。

「ならやることはひとつ！　メールに従ってアリストラスに行く！　だろ？」

「っおい！　離せって！　自分で歩くって！」

ラオを先頭に残りのメンバーも街の中心部に向かって歩き出した。周りにいた他のプレイヤーも、不安な表情を浮かべながら同じようにして歩き出している。

「（なにが起こったのか分からないけど……）」

フレンド欄を愛おしそうに撫《な》でる怜蘭。

白蓮《ビヤクレン》　オンライン
春《はる》カナタ　オンライン
テリア　オンライン

「（言いたいこと……いっぱいあるんだから……）」

雪のような白い頬を一筋の涙が伝った。

＊　＊　＊　＊

大都市アリストラスは未《いま》だ混乱の最中《さなか》であった。

「今の状況をご説明いたしますので、どうか冷静に!!」

そこに必死に呼びかけるルミアの姿があった。

ショウキチ達のいたカロア城下町とは対照的に、怒号が飛び交うアリストラス。元凶の大半が、ゲーム開始直後にわけもわからないまま死んでしまったプレイヤーである。

「生き返ったとか言われても意味わからねぇよ」

「家に帰れるの⁉」

「どうせドッキリかなんかだろ」

「偉そうに指示してくんな！」

ゲーム内に閉じ込められた――という、今や皆が受け止め理解している状況から説明しなければならない。しかし相手は聞く耳を持たず、ルミアの呼びかけは無常にかき消されてゆく。

「皆様どうか……！」

声を嗄《か》らしながら声掛けを続ける彼女の前に、巨大な影がずいと現れた。

「やかましいッッ！！！」

雷鳴の如《ごと》く轟《とどろ》くその声は、一瞬にして群衆達の声をかき消した。

人々が恐る恐る見上げた先に、不愉快《ふゆかい》そうに眉間《みけん》に皺《しわ》を寄せた巨人が佇んでいた。

「大人しく指示に従え愚図共《ぐずども》。次に余計《よけい》なことを口走った奴《やつ》は我が叩《たた》き潰《つぶ》す。いいな？」

忠告、というより脅迫《きょうはく》。

先ほどまで騒がしかった群衆は嘘《うそ》のように静かになり、ガララスは不機嫌そうに頷きながらルミアへと視線を向けた。

「――皆様！　冷静に聞いてください！」

ルミアの説明が進められていく傍《かたわ》ら、不機嫌そうに座るガララスに縋《すが》るように大声で泣く女が一人。

「え――――ん!!　死んだのがどおもっだよ――――!!　いぎでだよ――――!!」

自慢の病《や》みメイクが涙で流れ、それでも力いっぱい泣きじゃくるMagune《マグネ》。

それを迷惑そうに見下ろすガララス。

「貴様が一番やかましい」

「やがまじくでもいいよぉ――――!!」

「…………」

ガラスは、その丸太のような指でマグネの顔をつまんで持ち上げる。そして、ぐしゃぐしゃになりながら嗚咽《おえつ》するマグネにずぃと顔を近付けた。

「おい。それは我に対する侮辱《ぶじょく》と同じだ」

「だって……!」

「そもそも、我が戦って死ぬなど天地がひっくり返っても――」

エルロードに敗北した記憶が蘇る。

今まで魔王達の実力は拮抗《きっこう》しており、殺しあっても互角。一度だって勝敗がつかなかった――のに。

「(あれは確実に我の……)」

拳《こぶし》に力がこもる。

あの時、エルロードがその気ならば確実に死んでいただろう。生涯不敗を誇《ほこ》っていたガラスに、その事実が重くのしかかる。

「くそおおおお!!!!」

再び轟くガラスの怒号。

怯《おび》え切《き》った群衆達は足早に紋章の建物へと駆け込んでいった。マグネは慣れたもので、涙を流しながらも両耳を塞《ふさ》いでこれを凌《しの》いでいる。

「……なんだかご乱心だけど、混乱も落ち着いたし結果オーライね」

苦笑を浮かべながらやって来るキャンディー。他のメンバーに引き継ぎしてお役御免《やくごめん》となったルミアもまた、苦笑気味にガラランスを見ている。

「エマロに集まった人達も続々とここに着いてるみたいよ。まだまだ休めそうにないわね」

言葉とは裏腹に嬉《うれ》しそうな様子のキャンディー。

「もちろん！　今日は寝ずに対応するくらいのつもりです！」

「その心意気は買うけど、あんたはちょっと休んだ方がいいわ」

「……こんなおめでたい日に休んでなんていられないです」

「ん。それは同感だけどね」

一層賑《にぎ》やかになったアリストラスの街並みを見つめながら、ルミアとキャンディーは感慨に耽《ふけ》る。

「声掛けは代わるから、せめて業務からは外れなさい。声ガラガラになってるわよ」

それに……と、背後に視線を感じ、振り向きざまに笑みを浮かべるキャンディー。

「働き手も増えたことだし。ネ？」

ウィンクするその先に、不機嫌そうに腕を組む侍《さむらい》風の男——キッドの姿があった。

かつてPK《プレイヤーキラー》によってスパイ紛《まが》いのことをさせられ、無念の死を遂《と》げた男だ。

「…………」

「私、アナタの後任の戦闘指南役だったけど、支部長に出世しちゃったから引き続き色々お願いね」

　キッドの取り巻き達がどよめいた。

「え？　え？　キッドって紋章に入ったの？」「くそ――俺達が死んでる間に色々変わってんなー！」

　などと騒ぎ立てるのはキッドのかつての仲間達。ＰＫ黒犬《くろいぬ》によって最初期に殺された彼らもまた、揃《そろ》って蘇生《そせい》していたのだった。

「戻って早々こき使われるのかよ……」

　そう呟《つぶや》きながらもキッドの表情は明るかった。

　死んでいった友人達との再会でプレイヤー達はかつてないほど活気づく中、蘇生組の中に犯罪者プレイヤーが一人もいないことへ疑問を抱く者もいた。

「ワタルさん、いなかったね」

「ずっとオンラインですから、どこかで無事なのは分かってます。ただ居場所が分からないだけ……」

　街の喧騒《けんそう》を遠くに感じながら並んで座るルミアとマグネ。彼女達の頭の中に、鎖《くさり》に巻かれ沈んでいくワタルの映像が過《よぎ》る。

「ワタルさんは監獄に送られたってＮＰＣ《現地民》が言ってたけど、犯罪者達も同じように蘇生してたら全員監獄スタートってことなのかな」

「恐らくそうなりますね」

「久遠《くおん》くんも生き返ってるのかな」

「全員が生き返るなら恐らく……」

殺し合った二人が同じ牢屋《ろうや》で再会。

想像したマグネの顔が青くなってゆく。

「そっか……心配だね」

「心配です、とても……」

それぞれが想いを抱きながら時間はゆっくりと流れていく。やがてルミアが作成したメールは拡散され、生き残っていた全てのプレイヤーに届くのであった――。

＊　＊　＊　＊

侵攻《しんこう》の傷が癒《い》え、本来の堅牢《けんろう》さを取り戻したサンドラス甲鉄城《こうてつじょう》でも続々と死者が蘇っていた。

知らせを受けエリア攻略から引き上げて来たパーティの中に、黄昏《たそがれ》の冒険者《ぼうけんしゃ》マスターの白蓮はいた。

「嘘……」

目の前には、紛れもなくあの日死んだ親友——テリアの姿があった。

「えーと、なんか生き返っちゃったみたい」

そう言いながらイタズラっぽくはにかむテリア。

白蓮はただその場に立ち尽くしている。

「なんか不思議なんだよねー。私が死ん——」

言い終わる前に、白蓮が彼女を抱きしめた。

呆気《あっけ》に取られ一瞬目を見開いたテリアは、優しげな表情で白蓮の頭をゆっくり撫でる。

「……テリアのことがあって、ラオ達はギルド抜けたんだ。ごめん、ごめんね。全部私のせいなんだ……」

「そっか」

「そしたら春も死んじゃって、ほんとキツくて……」

震える白蓮の背中を優しくさするテリア。

言葉を繋《つな》ぎながら、白蓮は続ける。

「皆……一緒じゃなきゃ、ダメみたい……ッ！」

「そうだね。そうだよね——」

涙を流す白蓮を抱きしめながら、テリアは母親のように優しく背中を叩き続ける。

「これからはずっと一緒にいようね」

「ッ……！」

言えなかった謝罪と後悔。親友の温《ぬく》もりに包まれながら、白蓮は静かに泣き続けた。

＊　＊　＊　＊

天空を切り裂くように翔《かけ》る黒竜《セオドール》。

その背には少年と少女が乗っていた。

『カロア城下町はこの辺りだ』

「突っ込んで！」

『承知した』

勢いそのままにセオドールが急降下で街の中心部に降り立つと、巨大な黒竜の出現に悲鳴にも似た声が上がる。

そんなの気にしてられないといった様子で少女は飛び降り、駆けてきた仲間達の輪に飛び込んだ！

「皆ぁ!!　いぎでる……よがっだ、よがっだ！！！」

涙と鼻水でぐしゃぐしゃになるのも厭《いと》わず泣きじゃくるケットル。バーバラやキョウコ、そしてラオや怜蘭の瞳《ひとみ》にも涙が浮かぶ。

「ショウキチのバカぁ！　バーバラのバカぁ！　キョウコのバカぁ！　怜蘭のバカぁ！　ラオのバカぁ!!」

ショウキチの胸を叩き続けながら、ダムが決壊するかの如くケットルは言葉を吐き出す。

「犠牲になって逃がすなんてこと……二度と……二度とやめてよ……置いていかないで……ッ！」

ケットルの言葉に優しく頷く大人達。

「バッカ！　犠牲じゃなくて投資だよ投資！　俺がタダで死ぬかっつーの！」

「うん……うんっ……!!」

精神がおかしくなるほどの地獄を味わったケットルだったが、言うつもりはなかったし、なにより皆との再会でどうでもよくなっていた。

なにも言い返さないケットルの頭を撫でながら、ショウキチは照れくさそうに笑った。

「…………」

セオドールから降りた修太郎は、喜びを噛《か》み締《し》めるように涙を堪《こら》えていた。

暗い瞳に光が戻ってゆく――。

「おかえり」

涙を溜《た》めながらも、毅《き》然《ぜん》とした態度で言う修太郎。遠慮がちにやって来た〝親友〟の顔を見て、ショウキチはポロポロと涙を流す。

「ただいま……！」

「――ッ！」

修太郎の我慢も限界を迎えた。

固く固く抱きしめ合い、更に泣いた。

「うわあああああああん！！！！」

不安、責任、後悔、戸惑い、喜び。

いろんな感情が混ざり、そして弾《はじ》けた。

「間に……合わなくて……ごめんッ！」

修太郎の謝罪にショウキチは大きく首を振る。

「お前のせいじゃ……ねぇよ！　そもそも……全部……背負いすぎ……なんだよッ！」

何度も詰まらせながら言葉を交わす二人。その様子に大人達もまた涙を浮かべている。

「修太郎くん。ケットルを守ってくれてありがとね」

バーバラの優しい声にまた涙が流れた。

唇《くちびる》を震わせながら、こくこくと修太郎はただ頷き続けた――。

「もう二度と、主様《あるじさま》を悲しませたりしないわ」

遠目で見つめながら、決意したようにそう呟くバンピー。

近くにシルヴィア、セオドール、バートランドとプニ夫《お》の姿もある。

「なら我々のやるべきことは決まっている」

静かに怒りを抑えながらセオドールが言う。

「天使を全員噛み殺せばいいんだろう」

闘志に燃えるシルヴィアと、負けじとプルプルするプニ夫。天使という明確な敵の出現により、今までバラバラだった魔王達の結束も深まっていた。

「…………」

天を仰ぎ煙草《たばこ》の煙を吐くバートランド。

彼だけは別のことを考えているようだった。

＊　＊　＊　＊

ほどなくして、最前線組も到着し、アリストラスは再び歓喜の渦に包まれた。

「どいてくれ。すまん、どいてくれ！」

人だかりを縫うようにして進む誠《マコト》は、愛すべきメンバー達の顔を見るなり、弾かれたように飛び出した。

「マコ――」

「バーバラ!!」

人目もはばからず抱擁《ほうよう》する誠。

バーバラは顔を赤くして固まっている。

「よかった……本当によかった……ッ！」

小刻《こきざ》みに震える誠の体を、バーバラが優しく撫でる。

「そんな心持ちでよく最前線に行けたわね。ふふ」

「残された側はきついぞ……本当に……」

「……そうだよね」

そう言ってバーバラは苦笑し小さく頷いた。

つまらなそうにジト目を向けていたショウキチが口を開く。

「あのー俺達もいるんだけど」

「馬鹿野郎。おこちゃまは後だ」

「ひっどーい！」

「それ私も含まれてますよね!?」

抗議の声を上げるショウキチ、ケットル、キョウコ。すまんすまんと笑う誠の顔は涙に濡《ぬ》れていた。

「ラオ！　怜蘭！」

目の下を真《ま》っ赤《か》にした白蓮が、誰かの手を引っ張って現れる。そこには嬉しそうに手を振る金髪の活発美女テリアと、バツが悪そうに目を逸《そ》らす、物静かそうな少女の春カナタの姿があった。

最初に動いたのはラオだ。

ずんずんと足を進め春カナタの前へとやって来ると――勢いそのままに平手打ちした。

システムに阻《はば》まれたが、少女の心には届いたようだ。

「どうして頼ってくれなかったんだ！」

解放者《かいほうしゃ》と名乗るPKに騙《だま》されこの世を去った春カナタ。彼女自身、親友に相談しなかったことを後悔していたのだろう。今にも消えそうな声で呟いた。

「……ごめん」

「ばか……！」

絞り出すような声で呟く春カナタを力強く抱きしめるラオ。互いの目尻には涙が光っている。

「あれあれ？　怜蘭は泣かないのかなー？」

「泣いてほしい？」

「残念。全員の泣き顔見られると思ったのに」

そう言いながら楽しそうに白蓮を見るテリア。白蓮は全員が揃ったその光景にまた涙を流している。

「シオラ大塔も無事クリアしたんだってね」

テリアはそう快活に笑いながら言った。

シオラ大塔は彼女が死んだ場所であり――彼女達が別れた場所でもある。

「うん。白蓮がリベンジした」

そう言って怜蘭は感慨深そうに微笑《ほほえ》んだ。

そして、テリアの最期《さいご》を思い出す。

「あの時私になんて言ったの？」

「えぇ？　もういいじゃない今更ー！」

「結構引きずったんだもん、教えてよ」

聞き取れなかった四文字の言葉。

テリアは頬を搔《か》きながら渋々答えた。

「アリガトって、そう言ったのよ」

「……どうしてありがとうなのよ」

「そりゃあ……道半ばで死ぬのは不本意だったけど、皆と一緒だったからここまで来れたわけじゃない。だから、こんな私と一緒に戦ってくれてありがとうって」

そう言って照れたように笑うテリア。

「なにそれ……もっと聞こえるように言ってよ、バカ」

怜蘭も憑《つ》き物《もの》が落ちたように笑った。

「お前ら二度目はないからなー！」

威嚇《いかく》する犬のような顔で唸《うな》るラオ。

「それはこっちのセリフ！」

そう言って怒りをあらわにする白蓮こそ、全員の死を経験し乗り越えた一番の苦労人と言えるだろう。

「レベル追いつくの大変そうー」

「鬼のようにしごいてやるから安心しな！」

「僕は非戦闘員だから関係ない……よね？」

以前の調子を取り戻した〝黄昏の冒険者〟創立メンバー達。その間もそこかしこで再会を喜ぶ声があがり、アリストラスはかつてない活気に溢れていた。

「(よかった……本当に……)」

再会を喜ぶ皆の様子を遠目で見ながら、ミサキも一人涙していた。

最前線組が集結し、デスゲーム開始初日ほどの人で溢れたアリストラス。初日と大きく異《こと》なるのが人々の表情である。皆が皆、生き返った友人や家族との再会を喜び涙していた。今日という日はeternity《エタニティ》が始まって以来の記念すべき日になるだろう。

「(でも一体どうして……？)」

どうして皆が蘇《よみがえ》ったのか。

なぜ今なのか。

なんの前触れもなく起こった奇跡が天使の所業《しょぎょう》ではないかと勘繰《かんぐ》ってしまうミサキだったが、今はただ再会を喜ぼうと、考えるのをやめた。

＊　＊　＊　＊

徐々《じょじょ》に混乱が収まるまで紋章主導で復活組の保護が進められていった。

人間不信に陥《おちい》る者（主にＰＫに殺された者）へのメンタルサポートが課題となったが、それも友人や家族の支えがある今、大きな問題ではなかった。

「――だからもう、大丈夫です」

修太郎の励《はげ》ましの言葉に頷いているのは、解放者に騙されこの世を去ったキイチとヨシノであった。

「そうか、解放者達は死んだんだね」

仇《かたき》を打ったという言葉に安心するキイチ。

しかし――。

「でもどこかで蘇ってる。そうでしょう？」

「それについては私がお答えします」

不安がるヨシノの疑問に答えたのは、修太郎ではなくルミアであった。

「彼等《かれら》は今、監獄にいます」

「監獄って……あの？」

「はい。βテストではPKおよび犯罪行為をしたプレイヤーが死ぬと等しく監獄からスタートになりましたから」

そう言いながらマップを開くルミアは、最前線から更に先のほうを指差した。

「ヘルバス地下牢獄《ろうごく》──推定レベルは、あくまで推測ですが70～80ほどかと思われます」

「はちじゅう!?」

「なのでまず出てくる心配はないと思います。それに、出られてもアリストラスまでは相当な距離がありますからね」

「そ、そっか。なら安心……かな」

それを聞いてようやく安心した様子のヨシノ。

しかし、説明したルミア本人の表情は暗かった。

「(そのくらい過酷な場所にワタルさんがいる……ってことだもんね)」

桁外《けたはず》れの推奨レベルに加え、犯罪プレイヤー達が蠢《うごめ》いている空間にワタルは閉じ込められている。親愛なる前ギルドマスターの身が心配でならなかった。

「──マスターはどこだ？」

狼狽《うろた》えた様子で向かって来たのは、紋章創立メンバーの一人にして久遠に殺されたガルボであった。

「ガルボさん……」

「至急伝えねばならんことがある！」

「あいつ……絶対許せねぇ！」

同じく久遠に殺されたメンバー達の憤《いきどお》りに気圧《けお》され、事情を知るルミアが口籠《くちごも》る。

なんだなんだと人だかりができると、巻き込まれた修太郎は居心地《いごこち》悪そうに小さくなった。

副隊長のｇａｇａ丸《ガガまる》がルミアに迫る。

「なんでワタルさんがいないんだ？　俺達を襲った奴は？　やり返さねーと気がすまねぇぞ！」

「ガガ丸さん、おち、落ち着いてください……」

「全部説明してくれよ！　おい！」

事情を知らない修太郎はその光景に目を白黒させるばかりだった。

「確かにまだ説明されてないことがあるぞ！」

「そもそもなんで犯罪者も蘇ったのよ！」

「ていうか、ずいぶん時間経ってるのにまだクリアできてないのかよ」

不満の声に同調する群衆達。そんな人だかりの前に、派手な髪色の少女が躍り出た。

間に割って入ったのはマグネだった。

「ワタルさんは監獄だよ」

冷めた顔でそう説明したのはマグネだった。

「誰だお前！　めちゃくちゃなこと言うな！」

冷静さを失っているｇａｇａ丸の物言いにカチンときたマグネは、眉間に皺を寄せ息を大きく吸った。

「あのねぇ！」

喧騒《けんそう》の音が全て消えるほどの声が、広場にこだまする。

「何も知らずに死んでた奴は黙っててくれるかな!?　ワタルさんの事だって、ルミアちゃんがどれだけ苦労したか分からないでしょ!?」

いきなり、それも見ず知らずの相手に責め立てられればｇａｇａ丸も黙ってはいられない。

「んだと――」

ヒートアップする刹那《せつな》、ｇａｇａ丸の肩を摑《つか》んで引かせたのはガルボだった。

彼は申し訳なさそうに頭を下げ、冷静な口調で言った。

「すまない、君の言う通りだ。我々が死んだ後も皆はずっと戦ってくれていたんだろう」

辺りがシンと静まり返った。

ＰＫやモンスターによって理不尽な死を迎えた面々も、この言葉から〝戦い続けてくれた人達〟の存在を再認識することとなった。

「そう。だからまずはルミアちゃん達にありがとうって言ってよ」

辛《つら》そうな声でそう呟くマグネに、ガルボは素直に頷いた。

「そうだな。感謝の言葉の方が先に来るべきだった。我々がこの場所でまた集えたのもルミア達生き残り組の尽力の賜物《たまもの》だ。ありがとう」

文句ばかり言っていた復活組の面々も、自分の身勝手さを恥《は》じた。

「……この先誰一人死なせないよう、より一層頑張る所存です！」

ガラガラになった声でそう宣言するルミア。

声を嗄らしながら必死に呼びかける彼女の姿を皆が見ていた。生き残り組の苦労を軽視していたことに、復活組は更にバツが悪そうに黙り込んだ。

「マグネさん、ありがと」

そう小声で言いながらはにかむルミアに、マグネも小さくVサインを送る。

『――お前は黙って俺の言うこと聞けばいいんだよ！』

『――お前みたいな都合のいい女いくらでもいるし』

かつての男達がフラッシュバックする。

「やってくれて当然みたいな空気感、もううんざりだよ……」

マグネはそう、恨めしそうに呟く。

過去と決別したマグネは、損な役回りのルミアが自分と被って見えた。

ｇａｇａ丸達が落ち着き、ルミアはすぅと深呼吸した後、冷静な口調で報告する。

「順を追って説明します。まずそのＰＫはワタルさんが倒しました」

その言葉にどよめくガルボ達。

「俺達手も足も出なかったぞ……」

「あの妙な技をどうやって……」

「私とマグネさんで戦いの一部始終を見届けました。映像を見てもらって構いませんが、事実です」

どよめき声が大きくなる。

僅《わず》かな沈黙のあと、ガルボが口を開く。

「もちろん疑うつもりはないが、奴に関しては強さの次元が普通じゃなかったからな」

「それに関してですが……」

ルミアは二人の戦いを思い出しながら続けた。

「ワタルさんが勝ったのは当然の結果のように見えました。理由は分かりませんが、ワタルさんのレベルはその……１００でしたから」

「レベル１００だって⁉」

ガルボのみならずその場にいた全員が驚愕《きょうがく》の声を上げた。

「ち、ちょっと待ってくれ。俺達が死んでる間、最前線組はもうレベル100に届いているのか!?」

「いえ、私の知る限り最前線組でもせいぜい60くらいだったと思います。ワタルさんだけ異常に強くなっていました」

「ならPKを倒したのも頷ける、か……」

ひとつの疑問が晴れると同時に、別の疑問が生まれる。

「ワタルは一体どこでそんな――」

「当たり前だ」

人混《ひとご》みを押しのけるようにして現れたガラスは、もみくちゃになっていた修太郎を救出すると、群衆達に見せつけるかのように彼の前で膝《ひざ》をついた。

「お待ちしておりました、我が主様」

再びどよめき声が沸き起こる。

修太郎はガララスが〝わざと〟やっているのだと察して、気まずそうに苦笑した。

「えっ!?」「主って……?」

視線が修太郎に集中する。

復活組は何のことかと不思議そうにしているが、特にアリストラスに住むプレイヤーの中ではガララスはかなりの有名人である。只者《ただもの》でない雰囲気《ふんいき》と威圧感、しかしよく一緒に行動するマグネは〝主は別にいる〟と答えるし、かなり謎の存在であった。

ただ、彼はアリストラスを守護してくれている——その事実は皆が周知していた。

「やっぱり修太郎ちゃんが……！」

合流したキャンディーはその事実に驚愕する。

ルミアは驚きで声が出ない様子だった。

マグネの心境は少し複雑だった。

「(なに？　この気持ち……)」

傲慢《ごうまん》でプライドの高い巨人が傅《かしず》いている。目の前の光景が信じられず、その主へと視線を向けた。

「強くなられましたな」

「うん。頑張ってきたよ」

ひとめで修太郎の強さを感じ取ったガララス。長い時間を塔で修行していた修太郎にとっては何年振りかの再会で、懐かしそうに目を潤《うる》ませていた。

「——主様に報告しなければならない事があります」

そう言ってガララスは真剣な眼差《まなざ》しで修太郎を見つめた。

「ワタル《あの男》が強さを手に入れられたのは、第一位の手引きがあったからです」

「ワタルさんの事情は少し聞いたけど……え、それってどういう……」

「奴は裏切っています」

「!?」

エルロードが裏切っている？

「一体どういう……」

ガララスの言葉の意味が理解できなかったが、修太郎は自分の血の気がサァーッと引いていくのを感じた。もはや周りの者達は会話の意味が分からず、ただ困惑するばかりである。

「それは違うぜガララスの旦那《だんな》ァ」

なにかを決心した顔のバートランドがそこにいた。ガララスは苛立《いらだ》ちを見せながら立ち上がる。

「ワタル《あの男》を鍛《きた》えたのは貴様と第一位だろう。主様の許可もなく不安要素を増やした――これが裏切り以外のなんだというのだ」

ガララスが放った威圧感《プレッシャー》が空気を震わせる。プレイヤー達は、まるで過呼吸にでもなったように苦しみうめきだす。

周囲の建物にはヒビが入ってゆく。

「(なんだ……この怪物は……!)」

歴戦の戦士であるガルボでさえ、立っているのが精一杯だった。

久遠《あの時のPK》とは似《に》て非《ひ》なる純粋な〝恐怖〟。

戦う権利すら与えられない圧倒的な力の差を感じていた。

「少なくともエルロードの旦那は主様を裏切っちゃいない。主様のご友人達が生き返ったということは、旦那の悲願は達成されたんだよ」

呆然としていた修太郎が口を開く。

「どういう、こと？　皆が生き返ったのって……」

「エルロードの旦那は――」

バートランドは複雑な表情を浮かべながら、その時の会話を思い出していた。

『俺ァ忙しいんだよ』

『お願いします。殺さなきゃならない人がいるんです』

久遠を討つための力が欲しいというワタルの懇願《こんがん》に耳を貸そうとしなかったバートランド。

しかしエルロードは違っていた。

『その男、利用価値があるかもしれません』

『利用価値だァ？』

『私の計画の駒《こま》にできます』

『〝主様〟がそうしろと仰ったのか？』

『いえ、私個人の判断です』

『なら従う理由はねェよ。そもそも主様に伝えずに動くのは御法度《ごはっと》じゃねェか』

『主様に知らせるわけには参りません。なぜなら――私はこの男をうまく利用して、主様のご友人達を蘇生するつもりですから』

その言葉にバートランドは耳を疑った。この時点で、エルロードは既《すで》に今の状況を描いていたということになる。

『……そんな事になるのか？　本当に』

『今は、恐らくとしか言えません』

『そうか……』

『確実とは言えませんが、やる価値は大いにあります。その仮説が正しければきっと主様の救いになる――』

なぜワタルを利用して皆を復活させられるのか。聞きたいことは山ほどあれど、バートランドはそれ以上のことを聞かずに手を貸した。もちろん、エルロードの行動が修太郎のためになると信じていたからだ。

「エルロードの旦那は皆が蘇《こうなる》ると予想し、命を懸《か》けて行動していました。もしそれが失敗に終わっても、それはただの旦那の勘違い。主様を期待させずにすむ……悲しませずにすむ、と」

しばらくの沈黙。

ズンと、地響きと共に尻餅《しりもち》をついたガラスは、どこか安心した顔で豪快に笑った。

「決死の覚悟ということか……だから奴はあの時、あれほど強かったのか」

群衆達はワケが分からんという様子で顔を見合わせている。しかしただ一人、修太郎は体を震わせながらバートランドに詰め寄った。

「じゃあ……じゃあこの奇跡は全部……」

「ええ。エルロードの旦那が描いたものです」

「――――ッ！」

愕然《がくぜん》とした様子で膝をつく修太郎。

群衆達も会話の内容を理解しざわつき始める。

「この子の友達が皆を復活させたってことか？」

「ワタルさんも協力したってこと？」

「救世主様だ……」

ざわつき声が大きくなっていく中、膝をついたまま呆然とする修太郎と、悲しそうな顔で彼を見下ろすバートランドだけがこの空間で浮いているように見えた。

「バート……色々やってくれてありがとう。僕全然気付かなかったよ」

「それを旦那は望んでいましたから。きっと本望でしょう」

その物言いはまるで――――。

「……エルロードの行き先は？」

「それは分かりません。安否も正直……」

「なら、僕がやるべきことは決まったよ」

そう言って修太郎は立ち上がると、バートランド、そしてガラスへと視線を向ける。

「エルロードを探しに行く。今すぐに」

その言葉にガラスは嬉しそうに、バートランドは目を伏せがちに微笑みながら「仰《おお》せのままに」と答えたのであった。

アリストラスにアルバ達が到着する頃には、この奇跡が人為的に行われたものだという話が広まっていた。多くの死者を出している紋章《もんしょう》ギルドとしても、その人物は大恩人にあたる。

アルバとフラメが広場に着くと、そこには数万単位の人だかりができていた——修太郎《しゅうたろう》を取り囲む形で。

「これはいったい……」

「アルバ。ご無沙汰《ぶさた》だな」

「ガルボさんッ！」

「！　ガルボか!?　よくぞ、よくぞ戻った……！」

固く抱きしめ合う大男二人。フラメも目尻に涙を溜《た》めて歓喜に震えていた。

「こんな遠くまで大変だったでしょ？」

「K《ケイ》さん！　本当に全員生き返っているんですね……良かった……！」

そこにはカロア支部長のKの姿もあり、フラメは文字通り全員が蘇《よみがえ》ったことを実感する。

再会の余韻もそこそこに、Kは今の状況を簡単に説明した。

「あそこにいる修太郎くん。彼が今回の奇跡を起こしてくれたみたいですよ」

「えっ!?」

渦中《かちゅう》の人が修太郎であると知り、二人は更に驚くこととなる。

「正確には彼の仲間の功績らしい」

ガルボは誇《ほこ》らしげにそう補足した。

「(規格外の仲間を連れてるだけじゃない……なにより大規模侵攻は彼なしでは乗り切れなかった。その上今回の奇跡までも……)」

フラメは修太郎の規格外さを再認識する。

遠巻きに見ていたアルバは、ごくりと生唾《なまつば》を飲んだ。

「わかるか?」

「何がですか?」

「そりゃあもう」

クエスチョンマークを浮かべるフラメとは対照的に、Kとガルボは薄く笑いながら冷や汗を流している。

広場の中心、修太郎を囲う形で〝怪物達〟が並んでいる。巨人、白い少女、獣《けもの》のような女、体格の違う三人の騎士、真っ黒いスライムも含めると数は七体。

そのいずれも——恐ろしく強い。

大規模侵攻で何体かの格上ボスを見たアルバもそうだが、天使と相対したKから見ても、あれらの存在感は圧巻であった。

「絶対に倒せないと思った相手はあのクソ天使が初めてでしたけど……それより修太郎くんの仲間のほうがはるかに強いですね……」

「そんなにか？」

「はい。確か天使って複数いるんでしたよね？　束《たば》になっても敵《かな》わないんじゃないかなぁ……」

測《はか》る対象が巨大すぎて、アバウトながらもそう分析するK。天使と対峙《たいじ》した彼がそう言うならとアルバは納得する。

「私はそれよりも——」

ガルボが口を開く。

「怖さ、という点で見れば修太郎くんが最も恐ろしく思えてしまうよ……」

ガルボは過去に修太郎と手合わせした経験がある。修太郎の剣技に圧倒されつつも、あの時は〝戦い〟になっていたと自負《じふ》していた。

いまの彼は既《すで》に別の次元にいる。

それこそ周りの怪物達と遜色《そんしょく》ないほどに。

自分が死んでいた僅《わず》かな期間であれらと同格になるほどレベルを上げた、その〃異常な成長スピード〃。尊敬を通り越し、恐怖を抱くのも無理はなかった。

「な、なぁ。冷静に考えたらあそこにいる連中が俺達を殺そうとしたら簡単に……なぁ？」

「滅多《めった》なこというなよ！　彼は英雄だぞ!?」

「でも実際そういう力はあるってことじゃない？　なんか、ねぇ？　一緒にいるのは怖くない……？」

などと騒ぎ出す臆病《おくびょう》なプレイヤーの会話を聞いたガルボは声を荒らげた。

「ふざけるなッ！　一度剣を交《まじ》えればわかる。彼はそんな人間じゃないッ！」

ガルボとは対照的に冷静な様子のＫが続く。

「彼らには、大きな力を死んだ人間《俺達》のために振るった事実しかない。憶測や想像で敵を作るのは賢くないよ」

確かに彼らの力は強大で、その力を悪事に使えば簡単に世界が滅ぶかもしれない。

しかし、それ以上に二人とも修太郎を気に入っていた。今回の奇跡も含め、修太郎への信頼は揺るぎないものとなっている。

紋章ギルドの実力者達に責められ、縮《ちぢ》こまるように黙るプレイヤー達。ガルボは満足そうにフンっと鼻息を立てる。

「…………」

そんな様子に修太郎本人も気付いていた。

今まで必死で隠してきた力――しかし今は、それどころではない。

「エルロードが戻ってこられないほどの場所なら、僕も最大戦力で挑む必要がある」

各拠点に置いていた魔王達を総動員させる必要がある。つまり、プレイヤー達の安全が危ぶまれるということになる。

「なぁ修太郎……」

魔王達に囲まれる親友の元へ、ショウキチが歩み寄る。

「ここは俺達に任せろよ」

「！」

ショウキチは親指を立ててはにかんだ。

「ぶっちゃけお前が只者《ただもの》じゃないってことは知ってたし、もし俺達がお前の足枷《あしかせ》になってるなら――気にしなくていい！」

修太郎にとってそれは強い励《はげ》ましの言葉であったが、現実的に、天使が一体でもここへ来れば全滅もあり得る。それほどまでにプレイヤーと天使の間には大きな実力差がある。

「私も戦えるよ」

そう言って歩み出たのはケットルだ。

「いやいや、お前は隠れてろって！」

「何言ってるのよ。私のレベル見た？」

「そんなの俺と……って、えぇ？！？」

ケットルのレベルを知り腰を抜かすショウキチ。実際、現在のケットルは全プレイヤー中でもトップクラスに高いレベルがある。

「私がいれば戦える。でしょう？」

「そうかもしれないけど……」

天使のレベルは120。

地獄を経験し、強くなった彼女でも天使には及《およ》ばない。ダンジョン世界《レジウリア》の住民を連れ出すわけにもいかない。

「…………」

何かに勘づくバートランド。

悩める修太郎の前に最後のピースが現れる。

「君は残りたいの？」

寡黙《かもく》な騎士ベオライトが小さく頷《うなず》いた。

「そういうことか……だがよォ、相手とお前の繋《つな》がりはもう切れてるんだぞ？」

バートランドの言葉にも、ベオライトは再び小さく頷く。

蘇生《そせい》された中にはかつての親であるリヴィルがいる。アイアンとしての時間は決して幸せな日々ではなかったが、それも含め、彼には全てがかけがえのない記憶だった。

「君は本当に優しいんだね」

ベオライトの手を握る修太郎。

「うん……ならベオライトの意思を尊重するよ。こっちのことは任せたからね」

修太郎の言葉に、ベオライトは力強く頷いた。

天使と同等の力を持つベオライトがいれば、アリストラスの防衛力はかなり上がる。

「そっか。じゃあ、お願いするね」

「もちろんだぜ！　うおおおお燃えてきた！」

修太郎の言葉にショウキチは一人盛り上がる。しかし保護者達はアリストラスよりも、修太郎の身を案じていた。

「行くしか、ないんだもんね？」

「うん。大切な僕の友達が待ってるんだ」

「そっか……」

バーバラ達はそれ以上何も言えなかった。付いていっても足手まといになるだけだと分かっていたから。

「ッ！」

修太郎のもとへ駆け寄った怜蘭《レイラン》は、優しく彼を抱きしめた。

「微力だけど、ここは任せて」

「個人的に天使に恨みもあるしな」

そう言って修太郎の頭を撫《な》でるラオ。

「終わったら皆でまたお話ししましょう」

涙ぐみながら微笑《ほほえ》むキョウコ。

「レベルは頼りないかもしれねぇけどよ。〝修太郎〟のことは俺達が絶対守るからな」

誠《マコト》の言葉に、テリア達復活組も大きく頷いた。世間の目からという意味だと理解し、修太郎は瞳《ひとみ》を閉じ、小さく深呼吸する。

「(皆、僕の味方でいてくれる。それが知れただけで僕は戦えるよ)」

何かを決意したように立ち上がった修太郎は、怯《おび》える人達に向け口を開いた。


「僕の仲間は、全員モンスターです」


少なくないどよめきが起こるも、修太郎は意に介さず続ける。

「最初は僕も彼等《かれら》が怖かった。けどそれは僕が彼等を知ろうとしなかったから……彼等を通じていろんなことが学べました。そのおかげで僕はこうしてたくさんの人と出会えた」

群衆達を見渡すように微笑む修太郎。

「僕と彼等は運命共同体です。でも、僕は彼等の心までは動かせない。彼等は彼等の意志で僕らを守ってくれていました」

ショウキチ達をはじめ、大規模侵攻で救われた人々や、各拠点の生き残り組が頷く。

「天使達がそうだったように——大きな力は人々を簡単に不幸にできます。怖いのは仕方ない、理解できます」

聞き入る群衆達が小さく頷く。

「ですが！」

修太郎は、皆の心に訴えるように続けた。

「僕の友人はいつだって正義のために力を使ってきました！　今回の奇跡も、僕の大切な友人が命を擲《なげう》って起こしてくれた……！」

俯《うつむ》きながら、修太郎は続ける。

「その友人の行方《ゆくえ》が分かりません……死の淵《ふち》にいるかもしれない……でも！」

瞳に強い決意を宿し向き直る。

「僕達が必ず助け出す」

魔王達が力強く頷いた。

「怖がらないで、とまでは言いません。時間がかかるのも分かっています。ただ——僕の大切な友達のことを知ってほしい。知ろうとしてほしい」

群衆達は少年の演説に釘付《くぎづ》けになっていた。

もはや陰口《かげぐち》を言う者などいない。

その場にいた全員の視線が修太郎に集まっていた。

「互いを知らなければきっと共闘なんてできない。天使を倒せない」

何も知らなかった者達も、犠牲者達の言葉を受け天使は倒すべき存在だと周知していた。天使に殺された犠牲者は、あの理不尽な暴力を思い出し怒りに震える。

「互いを知り、本来の敵を知り、そして最後は——」

空を見つめる修太郎。

群衆は彼の最後の言葉を待った。


「このデスゲームを終わらせましょう」


アリストラスが大きく揺れた。

それは群衆達の雄叫《おたけ》びによるものだった。

はじめた理由は違えど、今の目的は皆一つ。

「レベル8の雑魚《ざこ》だけど……俺は戦うぞ!」

「わ、私も今度はちゃんと前を向くわ!」

「いける……英雄様が味方ならいけるぞ！」

このデスゲームを終わらせる。

群衆達の気持ちは一つになっていた。

「――なぁ貴様ら」

修太郎の背中を見つめながらガララスが笑う。主《あるじ》の言葉が全ての人間に火をつけたその光景を楽しむように。

「あれこそまさに、全てを束ねる王だ」

群衆達の心を掴《つか》んだ修太郎の姿。

他の魔王達も皆誇らしげにその光景を見つめていた。

「抜け駆けした彼も見たかったでしょうね」

「それ旦那《だんな》が死んだことになってんなァ」

「我々に説明すらしないとは、全く水臭い」

どこか嬉《うれ》しそうなバンピー、バートランド、シルヴィアとは対照的に、セオドールは終始難しそうな顔で佇《たたず》んでいる。

「行き先に心当たりは？」

そう言って視線を向けた先で、バートランドは肩をすくめてみせた。

「大体の場所は割り出せるよ」

それに答えたのは修太郎であった。修太郎はそのまま、無数の点が打たれたマップを広げてみせた。

「僕ならダンジョン《皆》モンスターの位置が分かる。エルロードはここだ」

ワールドマップでいう所のソーン鉱山付近にひとつの点が存在していた。近隣のエリアからは大きく外れており、何か特殊な場所であることは容易《ようい》に想像がつく。そして、点があるということはまだ生きているという証明でもある。

「罠《わな》の可能性も大いにあるな」

冷静な口調で言うセオドールに、

「罠だろうと何だろうと、真《ま》っ向《こう》から突破するよ」

動じない様子で修太郎が答えた。

小さく微笑み、セオドールは頷いた。

「ではそろそろ――」

「あの、修太郎さん！」

バンピーの声を遮《さえぎ》ったのはミサキだ。

その表情は何かを決意したように真剣だった。

「お願い修太郎さん。私も連れて行ってくれませんか」

「無理よ」

ミサキの申し出を突っぱねるバンピー。

「先の侵攻とは状況が違うのよ。いい？　妾《わらわ》と同格の仲間が囚《とら》われている可能性があるの。これから行こうとしてるのはそういう場所よ」

端的に言えば足手まとい。しかし遠回しにだが、ミサキの身を案じた言葉でもあった。

それでも！　とミサキは食い下がる。

「私のスキルは絶対に役立つはず！」

ミサキの《生命感知》はエリア内のｍｏｂ《モブ》の数と動きが分かる。奇襲の対策にもなる。

「必要ないわ。全ての敵を潰《つぶ》して行けばいい話じゃない」

「危険な場所なんでしょう!?　どんな敵が出てくるかも分からないなら尚更《なおさら》だよ！」

「しつこいのね。これは妾達の問題――」

「私は友達を助けたいだけ！」

ミサキの気迫にバンピーが気圧《けお》される。

「修太郎さんも言ってたでしょ、互いを知らなければきっと共闘なんてできないって……しばらく一緒にいて、私はバンピーのこと少しだけ知ることができたよ」

胸に手を当てながら微笑むミサキ。

バンピーは言葉が出てこないのか、口をぱくぱくさせるばかりだ。

「私はあなたのために命を懸《か》けたい」

まっすぐな瞳でバンピーを見つめるミサキ。

バンピーは不思議な感覚に陥《おちい》っていた。

目の前にいる少女は、小指で弾《はじ》けば飛んでいきそうなほど弱く脆《もろ》い存在である。しかしどうだ、不思議と頼もしくも思える。

彼女の意志は固いと踏んだ修太郎は小さく微笑んだ。

「ミサキさんの力を借りよう。これから先、僕達はそうしていく必要がある」

結論が出るや否《いな》や、巨大な黒竜が大きく羽ばたいた。それはセオドールが変身した姿であった。風圧で飛ばされる群衆達を一瞥《いちべつ》し、セオドールは「乗れ」と目で促す。

「協力してくれてありがとう」

修太郎の手を取りながら、ミサキは嬉しそうに黒竜の背に跨《またが》った。魔王達もそれに続くと、セオドールはさらに大きく羽ばたいた。

「必ず連れ戻してきてくれよ！」

「直接感謝の言葉を伝えたいわ！」

「ここのことは任せろ！」

群衆達からエールを受けながら、セオドールはゆっくり上昇していく。アリストラスが徐々に小さくなってゆく。

「帰りたくなってももう遅いわよ」

ちょこんと座るバンピーがジト目を向けるも、ミサキはクスクスと笑った。

「帰らないよ。皆一緒じゃないとね」

「ふふ……」

仲睦《なかむつ》まじい二人を尻目に、修太郎は前を向く。

「(待っててね――エルロード)」

アリストラスから飛び立った黒竜は、ぐんぐんスピードを上げ目的の場所へと向かっていった。

＊　＊　＊　＊

目的の場所はソーン鉱山よりも少し外れた所にある、巨大な空洞《くうどう》の真下であった。

「どうなってるの……?」

ミサキが不安がるのも無理はない。

攻略の手伝いのため一度訪れている彼女は、ソーン鉱山の横にこんな空間はなかったことを覚えている。

『到着だ』

地面に降り立つセオドール。

まるでくりぬいたように綺麗《きれい》に取りのぞかれた地面の断面は、見える所全てが機械でできている。そのいたるところに穴が空《あ》いており、それら全てが出入り口なら数千~数万はありそうだった。

修太郎達が降りた最下層部分は、広い床が延々と続く空間だった。東西南北それぞれに巨大な通路が延びているばかりで、あとは何もない。

「敵の分布図は出せましたが……」

そこまで言って、ミサキは言《い》い澱《よど》む。

「なにか問題があったの?」

修太郎が覗《のぞ》き込《こ》んだミサキのマップには、夥《おびただ》しい数の赤点が蠢《うごめ》いていた。

「これ全部敵みたいです……」

深刻そうに呟《つぶや》くミサキとは裏腹に、魔王達は楽しそうにしている。

「群れるしか能のない虫のようね」

「もちろん全部倒していいのだろう?」

「ふん。すぐ見つけ出して説教だな」

「じゃあ旦那を見つけた奴《やつ》が勝ちってことで」

バンピー、ガララス、シルヴィア、バートランドは横並びになりながら修太郎の指示を待っていた。

「バンピーはミサキさんとここに残ってもらおうと思う。多分それが一番いい」

エリアの性質を踏まえ、何かの結論に至ったのか、修太郎は真剣な表情でそう呟いた。

「……承知いたしました」

「ごめん、不満だよね」

「いいえ。妾もそれが最善だと思いましたから」

バンピーは特に不貞腐《ふてくさ》れる様子はなかったが、それを見たミサキは申し訳なさそうに縮こまる。

「私が無理やり付いてきたせい、だよね」

「あら、なにを勘違いしてるのかしら」

ミサキの顎《あご》をクイと上げると、バンピーは無表情で彼女を睨《にら》み付《つ》けた。

「ここに来たのは貴女《あなた》の意思だけど、保護対象なんかじゃない。主様《あるじさま》は貴女も貴重な戦力として考えた上で配置されたのよ」

バンピーは無表情のまま、筒状にぽっかり空いたこの空間を見上げる。

「この場所なら貴女の弓はそこそこ活躍できるでしょう？」

「うん、ここなら戦いやすいけど……」

「それに、誰かと一緒なら、敵の動きを逐一《ちくいち》報告する全体の〝目〟にもなれる」

配置に明確な根拠があること以上に、修太郎の意図を正確に把握《はあく》するバンピーに驚くミサキ。

それに……と、バンピーはニィと不気味に口角を吊《つ》り上《あ》げ笑う。

「――妾はここが、天使共を一番殺せる場所だと思ってるわ」

何かを企《たくら》む彼女に怖気《おぞけ》を覚えつつも、作戦の意図を理解したミサキ。いつの間にか近くに来ていたプニ夫《お》は、親指を上げた手の形に変形してみせた。

「皆、エルロードのいる方角は把握できた？」

修太郎達の準備も整いつつあった。

「かなり微《かす》かですが、匂いがあるのはあの辺りです」

「わかった。じゃあそろそろ出発しよっか」

シルヴィアが当たりをつけた入り口へと歩き出す修太郎達。見るとどうやら、各入り口に一人ずつ、別々に入っていくように見えた。

「え……修太郎さんも一人で……？」

違和感を覚え、狼狽《うろた》えるミサキ。

魔王達がただの一人も修太郎に付いて行こうとしなかったのだ。それは過去のバンピー達のやりとりを見ていた彼女からすると、異様な光景に見えた。

プニ夫に至ってもそうだ。自分の側《そば》から離れようとしていない。

「何を心配する必要があるの？」

「でも……」

「今回が〝そういう相手〟なら妾達もお側を離れたりしないわ」

「それってどういう……」

「たとえば、アリストラスの平原に貴女が立っていたとして、それって危険だと思う？」

「流石《さすが》にそれなら……」

「そういうことよ」

フッと笑い、空を見上げるバンピー。

全員がそれぞれの道へと消えていくのを呆然《ぼうぜん》と見送ったミサキは、慌ててマップへと視線を落とした。

＊　＊　＊　＊

修太郎は一人、機械仕掛けの道を進んでいた。

元々のエリアとして存在しなかったからなのか、延々と続くその道はマップに読み込まれていない。

『不安要素の多いこの案件、主様を巻き込むわけには参りません。恐らく時間もかかるでしょう。ですから、しばらく一人で行動させていただきたく思います』

あの時既《すで》にエルロードは覚悟していたのだと、修太郎は理解した。

死んだプレイヤーが蘇るかもしれない——そんな事を言われたら、果たして自分はどんな行動に出ていたのだろうか。たとえそれが1%の可能性でも、きっと何を擲ってでもエルロードに協力していたのではないだろうか。

もしそれが、仮にエルロードの勘違いで終わったら。

きっとその落胆は計《はか》り知《し》れない。

「すべては僕に気を使わせないため……」

だから彼はあえて言わなかったのだ。

『必ず戻って参ります』

あの言葉が忘れられない。

「(エルロード……)」

修太郎は目的地を示す点を頼りに、ひたすら前へと進む。

「(互いを知りましょうだなんて、何も知らなかったのは僕のほうじゃないか)」

『主様。10時の方角に敵の反応です』

バンピーからの念話でハッと我に返る。

言われた方角の先、白く光る何かがいた。

「ソチラカラ来ルトハ手間ガ省《ハブ》ケタゾ、イレギュラー」

のっぺりとした顔の巨大な人型——天使は大きく翼を広げ、半透明の剣を具現化させた。

「……僕の友達はどこにいる？」

「答エルト思ウカ？」

「じゃあいいよ。自分で探す」

修太郎は吐き捨てるようにそう呟くと、冷たい瞳を向けながら美しい剣を抜く——。

構えをとった天使の後ろを、修太郎が歩いていた。

「ナン——」

体を真《ま》っ二《ぷた》つにされ爆散《ばくさん》する天使。

ズバン！　と、遅れて轟《とどろ》く斬撃音。

「どの道、天使は全部倒すから」

剣を鞘《さや》に収めながら、修太郎はさらに奥へと進んでいった。

＊　＊　＊　＊

広い空間に出たガララスは、修太郎に教わった方角を再確認するため足を止める。

その表情は、ふつふつと湧き上がる怒りに満ちていた。

「勝ち逃げはさせんぞ」

屈辱的《くつじょくてき》な敗北を喫《きっ》し、プライドを破壊されたガララス。しかし、一度負けたことで彼の闘志は逆に燃え上がっていた。

「これは永らく自分の強さに胡座《あぐら》をかいてきたツケだ。思えばこの数百年、自己鍛錬《じこたんれん》などしてこなかったからな」

己が最強だと自負していたガララスは強さに飢《う》えていた。そしてこの鬱憤《うっぷん》のぶつけ先を探していた。

「侵入者ヲ排除セヨ」

天井の穴から無数の天使が降りてくると、拳《こぶし》にメキメキと力を込めながら、ガララスは楽しそうに嗤《わら》った。

一斉に飛び掛かる天使の剣はガララスの体に届かない――そしてガララスのスキルが発動し、全て跳ね返されていく。

「ぬるい……準備運動にもならんぞぉ――!」

ボトボトと落ちてゆく天使達の煙を裂いて、新たな天使が迫ってくる。ガララスは拳に込めたエネルギーを一気に放出し、天使達を紙屑《かみくず》のように千切《ちぎ》っていった。

＊　＊　＊　＊

「え?」

赤い紙に白の絵の具を塗るかのように、ミサキのマップからものすごい勢いで消えていく赤い点。

遭遇から撃破までの時間が短すぎる。

恐らくこれは戦闘ではなく――蹂躙《じゅうりん》。

「妾達の心配は不要よ。貴女は不審《ふしん》な点だけ見極めて報告すればいいわ」

言いながら、空を見上げ薄く笑うバンピー。

側面に空いた穴からは蜂《はち》の巣《す》を突《つつ》いたようにわらわらと天使が飛び出している。やがてそれは、空を埋め尽くすほどの大群となった。

「ッ！　あんなに……!?」

弓を構えたミサキ――直後、それは起こった。

剣を持って急降下する天使達が、灰のように崩れ、消えていく。

「残念ね。この全域が妾の攻撃範囲よ」

上空から飛んでくる天使や、横穴から出てきた天使は、バンピーのスキルの範囲に入るや否やたちどころに死んでいく。他に出口がない限り、天使達は撤退《てったい》することもできなくなっていた。

唖然《あぜん》とするミサキに、バンピーが声をかける。

「だから言ったでしょう？　ここが一番殺せる場所だと」

そう言ってバンピーは妖艶《ようえん》な笑みを浮かべる。

しかし天使が増えるスピードも尋常ではない。

「来なさい。全員残らず消してあげる」

＊　＊　＊　＊

研究施設の地下深くにエルロードはいた。

夥しい数のカプセルは無惨に破壊され、繋がれていた天使は抜《ぬ》け殻《がら》のように動かない。

「貴様は何者だ。なぜこんな力を持っている」

「問答が好きですね。答えて私になんの得がありますか？」

「忌々《いまいま》しい……」

エルロードは包囲されていた。

三体の天使が片手を突き出し、結界のようなもので動きを封じている。

体に影響はないのか、エルロードは退屈そうに本をめくっていた。

「私の力の及ばない存在がいたとはな」

「その程度で神を名乗るほうがおこがましいと思いますよ？」

時間を遡《さかのぼ》ると、意識を失っていたエルロードが目を覚ました時には、既にこの状況が完成していた。周りを固める三体の天使はいずれも大天使級の力を持っており、結界は簡単に破れそうになかった。

「(私を生かしておくメリットはないはず)」

いくらでもトドメを刺せたはずなのにそうしなかった——いや、できなかったのだと、会話の中でエルロードはそう推測を立てていた。

事実、天使達はエルロードを攻撃することができなかった。気絶し無防備なはずのエルロードが、不思議な力に守られていたからだ。

自分を守る不思議な力。

エルロードには心当たりがあった。

「彼はどこにいますか?」

その言葉に、天使の動きが一瞬止まる。

「奴はもう殺した」

「おや、そうですか。ならばなぜ貴方《あなた》はまだこ、い、い、い、かんなところで油を売ってるんでしょう」

「…………」

「私を殺せていない時点で、彼を殺すことも不可能だったのでしょう」

「その問答に意味はない」

そう言って天使は沈黙した。

「(もはや確認する術《すべ》はありませんが、主様のご友人は無事でしょうか)」

外部との連絡手段を断たれたエルロードにそれを知る術はない。しかし相手の反応を見るに、自分が思い描いた状況になったのだと推測できた。

「貴方は何を企んでいるのですか?」

「いずれその答えは分かる」

他の天使達とは明らかに異なるその個体は、無機質な声で続ける。

「貴様のやったことが〝無意味〟であることもいずれ分かるだろう」

「…………」

それきり天使は再び沈黙すると、エルロードはつまらなそうにため息を吐《つ》き、本へと目を落とした。

「侵入者ヲ発見シマシタ」

「侵入者ヲ発見シマシタ」

「侵入者ヲ発見シマシタ」

「侵入者ヲ発見シマシタ」

「侵入者ヲ発見シマシタ」

まるでアラームのように天使達が騒ぎ立つのと、部屋の壁が大きく破壊されるのは、ほぼ同時であった。

「あらら？　俺が一番乗りかァ」

折り重なるように倒れた天使が消え、瓦礫《がれき》を踏み越えながら登場するバートランド。

槍《やり》を肩に担《かつ》ぎ、遠くを見るようなポーズでエルロードを見つけると、安心したようにニッと微笑んだ。

「あれ？　旦那ァ、こんな所で何してんの？」

ニヤニヤ顔を向けられ、鬱陶《うっとう》しそうに深いため息を吐くエルロード。

「わざわざ死地に来てくれるとは有《あ》り難《がた》い」

流暢《りゅうちょう》に喋《しゃべ》る個体の合図で天使達が飛び掛かると、バートランドは槍を回しながらこれを迎え討った。

「《紫電の突き《レイジングドライブ》》」

紫の電撃を帯びたその一撃で、天使達は瞬《またた》く間《ま》に倒れて消える。

残ったのはエルロードを捕獲している大天使が三体と、特殊個体が一体。

「多勢に無勢だが恨まないでくれ」

合計四体の天使が掌を向け、光の粒子が集まってゆく。対するバートランドには焦った様子もなく、避けようとする様子すらない。

「なんか有益な情報は得られたかぃ？」

「はぁ……大して得られませんでしたね」

バギ、バギ、バギバギッ！

音を立てて崩れる結界──。

大天使の体を黒の刃《やいば》が貫いた！

「貴様……まさか……」

倒れゆく大天使の側に、無傷のエルロードの姿があった。

「講釈を垂《た》れる割に肝心《かんじん》なことは話していただけませんでしたね」

ポンポンと埃《ほこり》を払うようにしながら微笑むエルロード。

「旦那は演技力に欠けるからなァ」

「貴方に言われたくないですね」

「私を騙《だま》していたとは……！」

憤《いきどお》る特殊個体にエルロードが微笑みかける。

「もうここに用はないですね」

パラパラと凄《すさ》まじい速さで捲《めく》れていく本と、呼応するように莫大《ばくだい》な魔力が練られていく。

バートランドは構えた槍に魔力を込め、凝縮されたエネルギーは甲高《かんだか》い金属音のように鳴り響く。

両手を広げるエルロードの体を闇の球体が包み、フワリと浮いた。

黄金色に輝く槍を回し、バートランドが地面を蹴る。

「《終焉の混沌《エンドオブカオス》》」

「《霊王の神槍《ドウルーレン・ボルグ》》」

放たれた闇のエネルギーは、大天使を飲み込み圧殺《あっさつ》した。

ドリルのように盾を貫通した黄金の槍は、勢いそのまま大天使の上半身を消失させた。

大天使だったモノの残骸《ざんがい》が光の屑に変わる。

残されたのは特殊個体のみ。

「予定は崩れたが計画に変更はない」

天使は余裕な様子を崩さぬまま、翼で体を包む繭《まゆ》のような形になると、大量の羽根を散らしその場から消えたのだった。

「逃げ足だけは速いですね」

「逃がしてよかったのかァ？」

「どの道、本体を倒さねば意味がありません」

舞い散る羽根を見ながらそう呟くエルロード。

「今のが神かい？」

「恐らくそうでしょうね」

「ふーん、そうかァ」

短い会話を交わしたのち、バートランドは気が抜けたようにタバコの煙を吐いた。

「なんにしても、仮説は立証されたぜ」

「そうですか」

冷静を装ってはいたが、エルロードは安心したように小さく微笑んでいた。

「ワタルの件は説明するのか？」

「…………」

「秘密主義もいいけどよォ、主様の信頼を失ってまですることじゃねェだろ」

「それで最高の結果が得られるなら、私の信用など小事です」

「あ――ったく、バンピー《姉御》やガラス《旦那》みたいに素直になればいいのによォ」

「…………」

二人の間に沈黙が流れる。

遠くから聞こえる足音でハッとなったエルロードは、服の汚れや乱れを正し、その時を待った。

瓦礫を飛び越え、修太郎が現れた。

「エルロード!!」

飛び込んできた修太郎を抱き留める。

勝手な行動に加え、危険な場所にまで来させてしまった罪悪感。

どんな言葉も甘んじて受けようと、エルロードは最愛の主の言葉を待った。

涙目で顔を上げた修太郎は――。

「怪我《けが》はない!?」

何よりも先に、友の身を案じた。

「……!」

「あぁ無事でよかった……ッ!」

エルロードは何も答えられない。

「みんな……みんなが蘇ったんだ！　エルロードのおかげだよね、そうだよね!?　ありがとう、ありがとぅ……！」

明確な命令違反をした自分を咎《とが》めるどころか、出てくるのは感謝の言葉ばかり。

「私のために危険を冒すなど、本来あってはならないことです。それに……」

そこまで言ってバートランドを睨むエルロード。バートランドは何のことかと肩をすくめてみせた。

「……お怪我はございませんか？」

恐る恐る、修太郎の頭を撫でるエルロード。敬愛してやまない主の頭は小さく、彼がまだまだ幼いということを再認識する。

『貴様、裏切っているな』

ガララスの言葉が頭の中に響く。

主のためとはいえ、主を不安にさせたのもまた事実。罪悪感は増してゆくが、それでいいと思っていた。

全てに意味があり、全て修太郎のためになる――そう信じていたから。

「(私の命はこのために使うと決めていますから……)」

エルロードの決意は確固たるものとなった。

「全く。骨折り損ということか？」

壁にもたれながら不満げにシルヴィアが呟いた。瓦礫の山を崩しながら、ガララスも入ってくる。

「くたばってなかったようだな。裏切り者よ」

「残念ながらそのようです」

二人の間に不穏な空気が流れるも、ガララスはすぐに興味を失ったように視線を逸《そ》らした。

ズバ！　ズバン！

音のする方に目を向けると、正方形に斬られた壁の奥からセオドールが現れた。

これで捜索組は全員揃《そろ》ったことになる。

「とはいえ、戻るのもまた一苦労だな」

ぼやくシルヴィア。

「俺の作った道を戻れば一直線だ」

「……もしかして全部斬ってきたのか？」

「そのほうが早いだろう？」

「そ、そうだな……」

セオドールのパワープレイに言葉を失うシルヴィア。落ち着きを取り戻した修太郎は、涙を拭《ふ》いて顔を上げる。

「帰ろう、みんなの所に」

その言葉にエルロードはゆっくりと頷いた。

＊　＊　＊　＊

修太郎達が研究施設の入り口に戻ると、そこには涼しい顔で佇むバンピーと、安心したように武器を下ろすミサキの姿があった。

「ただいま」

はにかむ修太郎を見て涙ぐむミサキ。

「おかえりなさい！」

プニ夫が修太郎に飛び付き、再会ムードの一方で、魔王達の空気は冷え切っていた。

エルロードに冷ややかな視線が集まる。

「自分で尻拭いできないなら、一人でやらないでもらえるかしら？」

「姉御厳しいなァ」

「黙りなさい。貴方も同罪よ」

冷たい瞳を二人に向けバンピーは続ける。

「妾達だけならいいわ……でもね、主様まで危険に巻き込んでるのよ？　あり得ないわ。配下失格。事の重大さをちゃんと理解してるのかしら？」

バートランドは、ぐうの音も出ないといった様子で頰《ほお》を搔《か》き苦笑している。しかしエルロードは態度を変えず、顔色も変えないままだ。

「事を荒立てた第三位が全ての原因です」

「おい！　我を巻き込むな！」

「勘違いから私の行動を不審がり、貴方の攻撃により作戦そのものを台無しにされかけました。さらに、勘違いをそのまま主様に伝え、この地に呼び寄せたのも貴方でしょう」

口喧嘩《くちげんか》はヒートアップしてゆく。

「それを言うなら、共謀した上で黙っていたバートランドこそ真の裏切り者ではないか」

「ガラスの旦那が早とちりしなければ丸く収まってたのによォ」

「過程の話なんてどうでもいいのよ。主様を騙したのは事実でしょ」

あーでもないこーでもないと続ける魔王達に、修太郎は思わず吹き出した。

「ふふ……」

魔王達の動きが止まる。

修太郎からしたら、喧嘩の内容はどうでも良くて、ただ魔王達が仲良さそうにしている光景がとても嬉しかった。

「色々あったのはもう忘れようよ。僕にとって一番大事なのは、皆とまたこうやって一緒にいられることなんだから」

照れくさそうに小鼻を膨《ふく》らませるシルヴィア。

セオドールも目を伏せ小さく微笑んでいる。

「エルロードとバートが僕に言えなかった理由も分かるし、バンピーやガララスの気持ちも分かる。これって僕にとってすごく嬉しい事なんだよ——だってそれ全部僕のためなんだもん。僕を大切に思ってくれてるからでしょう」

エルロードは修太郎の幸せのために、
バートランドはその手助けを、

ガララスは修太郎への忠義を貫き、
バンピーは配下としての在り方を説いた。

全ては修太郎のためである。

「皆ありがとね。僕、すごく幸せだよ」

満たされたような笑みを浮かべる修太郎。

エルロードとバートランドは微笑み、バンピーとガララスは顔を赤くしながら明後日《あさって》の方向を見ている。

「なんか……いいですね……」

その横でボロボロと涙を流すミサキ。

「なんで貴女が泣くのよ」

「だってぇ……！」

と、涙を拭いながら続ける。

「皆さんの絆《きずな》が本当に素敵で……」

「貴女、気を張りすぎよ。一度落ち着きなさい」

バンピーに介抱されるミサキを尻目に、エルロードが口を開く。

「絆、という言葉で思い出しましたが、我々魔王には共通した絆があるようです」

「主様の守護者という意味ではなくか？」

ガラスがそう尋《たず》ねるとエルロードは小さく首を振った。

「それもありますが、もっと根本的な所にです。実際それのおかげもあり、天使達は私に危害を加えられずという場面がありました」

天使達が気を失っていたエルロードに攻撃できなかった理由……それについて彼には心当たりがあるようだった。

「どうやら我々は〝闇の神〟の加護に守られ、彼の加護で大天使を殺せるようになっているようですね」

「！」

ロス・マオラ城に閉じ込められる前、魔王達全員が彼と対話している。

「これから我々が探すべき人物。そして――恐らくこの世界の鍵を握る人物でもあります」

「それは誰なの？」

修太郎は食い気味に尋ねる。

「私達を閉じ込めた張本人〝闇の神ヴォロデリア〟です」

＊　＊　＊　＊

エルロードに連れられ目的の場所に到着した一行――そこは、火の精霊による祈りがあった場所、セルー地下迷宮であった。

エルロードに先導されるがまま最深部へと足を進めていく。

「主様はケットルと共《あの少女》にここを踏破している。間違いありませんね？」

「あ、うん」

特に気になるところはなかったと、思い出しながらそう返事をする修太郎。

全ての魔王が揃った今、モンスターと遭遇したところで何の障害にもならない。皆の視界に入るよりも先に、バンピーの即死スキルの餌食《えじき》となってゆく。

「（一応最前線付近なんだけどなぁ……）」

改めて魔王達の強さを知るミサキ。

一行は一度も足を止めることなく目的地の最深部――ボス部屋の前までやってきた。

「…………」

躊躇《ちゅうちょ》なく進むエルロード。

修太郎達もそれに続くと、部屋の周りを囲うように火が灯《とも》ってゆく。

そして、中央に集まる炎の中から人型の〝怪物〟が姿を現した。

人型ではあるが、動物に近い見た目のボスだ。怪物は、侵入者を見つけるなり牙《きば》を剝《む》き出《だ》しにして襲い掛かった。

エルロードの本がパラパラと捲られていく。

「《停止する世界時計《イグノタスワールド》》」

怪物の周りに時計のエフェクトが弾けると、怪物の動きが徐々に遅くなってゆく。

99：99：99という数字が表示されると、怪物は石になったように、その動きを完全に停止させた。

ボスに対して無防備に背中を見せながら、修太郎達へと向き直るエルロード。

「数字が0になるまで動きません」

本来はコンマ数秒動きを封じるだけの魔法。

さらに、ボス特性のモンスターには特に効きが悪くなるはずだが、二者の力の差が浮《う》き彫《ぼ》りになっている。

恐ろしい形相《ぎょうそう》で止まる怪物を前に、エルロードは尋ねた。

「主様。以前戦ったのはこのモンスターですか？」

「うん、そうだよ。名前も一緒の〝火の精霊〟」

「あれ……？」

修太郎の後ろで誰かが小さく呟く。

怪物をよく観察したミサキが目を丸くしていた。

「やっぱりこのボス、なんか聞いてたのと違いますね」

ミサキは直接見たのはこれが初めてだったが、最前線組から聞いていた造形や特徴とかけ離れていることに気付く。

「火の精霊は美しい女性の姿だったと聞きました……」

「本来はそう。そちらが正しい姿です」

「え、どういうこと?」

クエスチョンマークを浮かべる修太郎に、エルロードが説明を続ける。

「見ての通り、このボスは名前こそ〝火の精霊〟ですが実際は全くの別物です」

「!」

エルロードは聞き集めた情報と、自らの仮説を合わせて続ける。

「最初の火の精霊は対話を望み、しかしそれは叶《かな》うことなく倒されています。そして最後は天使に貫かれ絶命したと聞きます。それ以降、火の精霊に彼女の面影はありません」

「じゃあつまり……」

「本来の火の精霊は消滅したようですね。以来全くの別物に成り代わっているということです」

言うなれば、このボスは火の精霊の代替のようなものであった。

「話を戻しましょう――私はそれなりの時間を費《つい》やし闇の神ヴォロデリアの所在を突き止めました。彼と接触するためには、残りの精霊に会い、対話する必要があります」

「理由を聞かせてもらえるかしら」

「〝光の神〟の目的を正確に把握するためです」

「！」

「ええと……」

置いてけぼりの修太郎は遠慮がちに手を挙げる。

「光の神っていうのは……？」

「いうなれば天使達の親玉ですね」

「！」

修太郎的に言えば、人類の敵である。

「私は今回の蘇生を実行する以上に、光の神が何を隠しているのかを探ろうと思いました。しかし彼もまた警戒していたのでしょう――なかなか尻尾《しっぽ》を見せてはくれません」

火の精霊の額《ひたい》に手を当てるエルロード。

火の精霊はそのまま崩れ落ちるように息絶《いきた》え、消えた。

「光の神の目的を知るため、誰よりも早く次の精霊と接触する必要があります」

その視線は修太郎とミサキに向けられていた。やるべき事を理解し、二人は力強く頷いた。

Chapter03: 第3話

The unimplemented end-stage enemys have joined us!

チダ山脈――。

山岳地帯と厳しい気候、深い峡谷《きょうこく》、そして氷河湖《ひょうがこ》がこの地域を特徴づけていた。

「見ろよ。めんどくせー雪山ともこれでオサラバだな」

八岐《ヤマタ》のマスターHiiiive《ハイヴ》は眼下に広がる広大な原生林を見下ろした。

「死者が復活したって話、あれマジ？」

どこかで手に入れた部族の衣装を身に纏《まと》うアランが尋《たず》ねる。

「マジなんじゃね？　ヨリツラの名前も光ったし」

「うおおおマジかよ！　アイツ戻って来るのか！」

八岐の仲間達も大いに喜んでいる。

「生き返ってもどーせ牢屋《ろうや》の中だろ。来るかわかんねー奴《やつ》よりやるべき事を優先しようぜ」

ハイヴは興味ないと言いたげな顔で流しつつ、原生林の奥に目を凝らす。

原生林の奥には次のエリアとの境界を表す緑色の膜のようなものが延々と続いていた。ソーン鉱山前にもあったそれは〝精霊の祈り〟である。

「祈りに着いたら徹底的に調べるからな」山脈の敵も強かったし、道中しんどいかもしれんけど」

「なら魔法少女《舞舞》も連れていけばいいじゃん」

「知らねぇよ。勝負に負けたアイツがへそ曲げて来なかっただけだし」

などと言いながら、チダ山脈の攻略を終えた八岐の面々は山を降りていくのであった。

＊　＊　＊　＊

「クソ……ムカつくッ！」

八岐のNo．3に君臨《くんりん》する魔法少女舞舞《マイマイ》は愚痴《ぐち》をこぼしながら剣を振るっていた。

現在地である騎士の国タルヴォスは、騎士文化が根付いた場所で、町の住民は皆騎士として生活している。彼らは鈍色《にびいろ》の甲冑《かっちゅう》に身を包み、その堅固な信念と誇《ほこ》りに満ちた文化がエリア全体に息づいているのが特徴的だ。

「なんでアタシが騎士の真似事《まねごと》を……」

「おい見習い！　後素振り十回だ！」

「分かってるわよ!!」

タルヴォスは騎士達の修行の地でもあり、鎧職人《よろいしょくにん》達が技術を磨く場所でもある。先に広がるチダ山脈を解放するために〝騎士の試練〟という前提クエストをこなす必要があった。

『俺らは攻略してくっからクエ進めとけよ～』

軽薄《けいはく》そうに笑うハイヴの顔を思い出し、舞舞はムキになり力を込めて剣を振るう。

クエストの内容は、騎士としての試練に挑む所から始まる。騎士道を学び、鍛《きた》える一環として、プレイヤーは特定の任務を果たし、騎士の称号を得る必要があった。

八岐は早々に騎士の称号を得ると、ハイヴ達精鋭がチダ山脈の攻略に向かい、そしてクリアした。

舞舞達がやらされてるクエストはクリア後の内容で、重要度は低い。先を急ぐなら無視してもいい内容である。

「よし、今日はここまでにしよう。しかしお前達、チダ部族を蹴散《けち》らすなんてやるじゃないか。上級騎士への道も近いぞ！」

「(なりたくないわよそんなもん……！)」

上官NPC《現地民》に心の中で悪態をつきながら、舞舞は眼前に聳《そび》える巨大な山脈に視線を向けた。

「(それにしても攻略まで早かったわね)」

八岐の主力だけで挑んだチダ山脈。

ハイヴ曰《いわ》く「調べたいことがあるから急ぐ」ということだったのだが、舞舞には何のことやらサッパリだった。ひとつ分かるのは、彼らが早期攻略したせいで、居残り組は休む暇なくクエストを消化するハメになったということだった。

「姐《ねえ》さんも甲冑姿が様になってきましたね」

「こんなの動きにくいったらないわ」

「いやーでも自分で作った鎧ってのもまたオツなもんですよね」

騎士の国という以前に、ここは鎧職人の国。

騎士の試練の最初は、自分の鎧を作り上げる所から始まった。

「結構頑張ったのに最低評価だったのはガッカリでしたけどねー。でも物作りってオモロいっすね。この際本格的に技術職に転職するのもアリかも……」

「勝手にしたら?」

「姐さん手厳しいなぁ」

「マスターと喧嘩《けんか》してるからって俺達に当たらないでくださいよ」

「いちいち言われなくても分かってるわよ!」

「おーこわいこわい」

クエスト消化要員として、八岐のメンバー数名がここで居残りになっている。お気楽そうに騒ぐメンバー達をため息混じりに眺めていた舞舞は、何かに気付き正門を見た――。

ごごごごという音を響かせ門が開く。

そこには人の群れ——それもプレイヤーの集団がいた。

「アイツ……どこかで……？」

先頭を歩く男に舞舞は既視感があった。

白に統一されたギルド衣装の集団。

「あれって〝aegis《イージス》〟の連中じゃないっすか？」

「言われてみればそうね。あの趣味の悪い白マント、どこかで見覚えあると思ったわ」

イージスとは、かつて四大ギルドの一角にいた最前線攻略ギルドである。とはいえ、今はほとんどその名を聞くことはなく、舞舞は各ギルドの補助要員として各地に散ったと記憶している。

イージスの勢いがなくなった原因——それはセルー地下迷宮最深部でギルドマスターの白門《シロカド》と主力のほとんどが死んだことにある。

そこまで思い出しつつ、改めて先頭の男に目をやった舞舞は、腑《ふ》に落ちたように頷《うなず》いた。

「あぁ、本当に蘇《よみがえ》ったのね」

アリストラスに唯一戻らなかった八岐ギルドは、死人の復活を噂程度《うわさていど》にしかとらえていなかった。生き返ったプレイヤーは最寄《もよ》りの拠点《セーフティエリア》に送られるため、騎士の国《ここ》で誰かが蘇ることもなかったからだ。

早い話、シロカドという絶対的なリーダーが復活したことで、イージスもまた攻略組に復帰した——そういう理由だろうと舞舞は納得する。

「それにしても……」

何か違和感を覚えつつも、舞舞は向かってきたイージスを出迎えた。

「ご機嫌よう。本当に奇跡が起こったみたいね」

「ええ。これも天使様のご加護のお陰《かげ》です」

「？」

舞舞が覚えていた違和感——それは、シロカドの目が明らかに異常だということ。焦点が合っておらず、まるで獲物を探すようにギョロギョロと動いている。

「祈りはこの先ですか？」

「……だったら何？」

「精霊を殺しにいくんですよぉ。そうすればまた天使様に会えるでしょう？　それに莫大《ばくだい》なレベルも得られる！」

ヒャヒャヒャヒャと不気味に笑うシロカド。

異常を察した他の八岐メンバーも続々と集まってくると、二つのギルドが向かい合う形になった。

「ねぇアナタ」

不機嫌そうに腕を組みながら、舞舞はシロカドではなくその後ろの女武士、松《マツ》に声をかける。

「コレおかしいと思わないわけ?」

「…………」

松は目線を逸《そ》らし、左手で右腕をギュッと摑《つか》んでいる。なにか思うところはあるようだ。

「おかしい?」

ぐりんと目玉を舞舞に向け真顔になるシロカド。

「おかしいのはアナタ方でしょう。ほんの少しの間で、この世界に何が起こった……? せっかく……せっかく私が最高レベル保持者だったのに!! せっかく天使様の寵愛《ちょうあい》を受けたのにッ!!」

喚《わめ》き散《ち》らすシロカドに舞舞は舌打ちした。

「あなたが元々こうだったのかはこの際どうでもいいわ。最高レベルで気持ちよくなってたか知らないけど、あんな大惨事は二度と起こさせない——祈りを破壊されるわけにはいかない」

祈りが破壊された結果、最前線が壊滅するほどの大規模侵攻《しんこう》に発展した。個人的な欲求を満たすためにそんな真似はさせられないと、舞舞は厳しい視線を向ける。

「アナタの意見は聞いてませんよ」

シロカドの言葉にフッと笑う舞舞。

「意見を通したいなら強さで語りなよ」

そう言って舞舞は取り出した魔法の杖《つえ》をくるくる回す。

「こちらにそれを受ける理由がありますか？」

「あるわよ。アタシが負けたらチダ山脈の解放クエストの情報をあげるわ。どうせそれないと進めないし」

杖の先端をシロカドに向ける。

シロカドは少し考え、小さく微笑《ほほえ》んだ。

「なるほど……どなたかは存じませんがアナタを倒せば邪魔されずに目的を果たせるんですね？」

シロカドもそれに倣《なら》って本を取り出した。

「……やめておけ」

沈黙を破り、松は舞舞を睨《にら》む。

額《ひたい》にはうっすらと汗が滲《にじ》んでいる。

「戦ったら絶対後悔する」

「アナタには関係ないでしょ？　黙ってなさいよ」

松の忠告を無視し、舞舞は近くのメンバーに耳打ちする。

「急いでマスターに連絡して。万が一コイツらに後ろから襲われたらたまらないでしょ」

「ここでボコッたらその心配ないっすよね？」

楽観視するメンバーは半笑いで答えた。

舞舞の表情は真剣なままだ。

「ボコれたらね。まぁ無理だと思う。多分アタシじゃ勝てないし」

「！」

戦う前から白旗を上げる舞舞を初めて見たメンバーは、慌てた様子でメールを打ち始めた。

「あいにくこっちは八岐の残りカスなの。総力戦じゃ被害も大きいし……だから代表の一対一で決着をつけるってことでいいよね？」

「いいですよ。どんな形でも……」

不敵に笑うシロカド。

舞舞は覚悟を決めて歩き出した。

＊　＊　＊　＊

タルヴォスの正門前にて対峙《たいじ》する二人。

少し離れたところで両者のギルドメンバー達が見守っていた。

「負けるのを覚悟して挑む理由はなんですか？」

開いた本の上に手を置きながら余裕そうに尋ねるシロカド。しかし彼の問いには答えず、舞舞は松のほうへと視線を向けている。

「大規模侵攻《あんなの》を経験したくせに、このバカの言いなりとかアナタどうかしてるわ。何があったか知らないけど……もっと自分の意見を持ちなさいよ」

「…………」

舞舞の知る松という女性は、シロカドの信者ではあるが芯《しん》の通った人物。

様子がおかしいことは明らかだった。

しかし、舞舞の言葉に松は俯《うつむ》いたままだ。

「時間が惜しいです。早く対戦方法を決めてください」

「当然デスマッチよ」

「姐さん!?」

八岐メンバーから悲鳴にも似た声が上がる。

勝ち目のない戦いをデスマッチにする意味がわからなかったからだ。

「私はそれで構いませんよ」

シロカドは余裕の表情を崩さない。

「こいつ八岐のメンバーじゃねぇんだから、暗黙の了解とか全然知らないはずっすよ！　目とかヤバいし……本気で殺しにきますよ！」

「どうでもいいわよそんなの」

舞舞はそう言いながら杖を回して構える。

「アタシはね、この状況でまだ自分の利益だけを考えてるコイツが許せないの。死んで治らないなら、もっぺん殺して大人しくなってもらう。それに、こんな奴の言いなりになるくらいなら死んだほうがマシ」

「言いたいことは分かるけど……」

「それに、アタシが牢屋に送られても元No.3《ヨリツラ》回収できるしいいじゃない」

そう言いながら舞舞はニッと笑った。

デスマッチが選択され、カウントダウンが始まる——シロカドの周りに黄金色の光が集まり、神秘的な雰囲気《ふんいき》に包まれてゆく。

「私には天使様の祝福《しゅくふく》があります」

「ほんとめでたい男ね」

カウントが0になったその刹那《せつな》——互いの魔法が展開された。

「《流れ星《シューティングスター》》」

杖を振るう舞舞の横にボッと魔法陣が現れると、そこから五つの光の礫《つぶて》が飛び出した。

「《古代の石板《オリゴン》》」

シロカドの前に石板が迫《せ》り上《あ》がり舞舞の魔法が直撃する。わずかにシロカドの魔法が優ったのか、ひび割れながらも形は維持したままだ。

舞舞はそれを盾の魔法だと解釈する。

「(最大出力でも壊せなかった……)」

「これが例の変光星《バリアブルスター》ですか。評判通りの威力ですね」

感心したように眼鏡《めがね》を上げるシロカド。

「さっきは知らないみたいなこと言ってなかったかしら?」

「軽い情報戦ですよ。全てを疑わないと」

そう言いながらシロカドは本をパラパラとめくり、白紙のページを開いた。

「《大書記のしおり》」

そこへシロカドが何かを挟むと、石板は役目を終えたように地面へと引き込まれていった。

「《神官召喚《サモン・アヌビス》》」

今度は犬と人が合体したような怪物の像が迫り上がり、大きくヒビが入ったそこから怪物が飛び出した。

黒い体毛の獣《けもの》と人の半人半獣。

手には湾曲した剣を持っている。

「《流星群《メテオレイン》》」

魔法陣から小さく尖《とが》った光の礫が出現する。

イワシの様に群れをなし、空を泳ぐようにして飛んでいくそれらを舞舞は自身の周りに漂わせている。

「特訓の成果、ちょっと試してみようかしら——《星の剣・メダリス》」

舞舞が杖を振るうと、徐々に光が集まり剣の形を成した。剣を構える姿は一端《いっぱし》のもので、格好も相まって歴戦の騎士のようだ。

涎《よだれ》を垂《た》らしながら召喚獣《しょうかんじゅう》が飛び出してくる。

軽やかに避け、浮遊させていた星達を操ると——召喚獣の右足を貫通、粉砕した。

ガクンとバランスを崩し傾《かたむ》く召喚獣。

「動きが単調なのよ！」

飛び上がる舞舞は勢いそのままに剣を振り下ろし、召喚獣の頭を斬り落とした！

「うおおお姐さんすげえ！！！」

「召喚獣一撃じゃん！」

ギャラリーの歓声を心地好《ここちよ》さそうに聞きながら着地した舞舞は、何かを察し、再び飛び上がった。

何もない地面からスゥと箱状のものが現れると、勢いよく蓋《ふた》が開き、包帯が飛び出す！しかし舞舞の飛距離の方が僅《わず》かに勝り、包帯は力なく落ちてゆく。

「(箱に捕縛する魔法……捕まってたら殺《や》られてたかも)」

空中で怖気《おぞけ》を覚える舞舞。

シロカドの猛攻は止まらない。

「《貫く火龍の熱線《マリッド・ラクル》》」

「ッ！」

ゴオオという音を立てながら熱線が伸びる。

その追撃を紙一重《かみひとえ》で避ける――が、

「《貫く火龍の熱線《マリッド・ラクル》》」

「（連射!?）」

バランスを崩した舞舞の体目掛け、同じ魔法が迫る！　浮遊させておいた星達を重ね、防御体勢に入った舞舞。

「ッあああ！！！」

しかし――相手の魔法威力の方が、高い。

灼熱《しゃくねつ》の痛みが体を貫いた。

受け身も取れず地面に叩《たた》きつけられた舞舞。

シロカドは、今度は炎と氷の球体を浮遊させながら余裕の笑みを浮かべている。

「便利な固有スキルね……《二重魔法《デュアル・マジック》》」

「お気に召しましたか？」

「ぜんっぜん！」

残った星を発射する舞舞。

「《古代の石板《オリゴン》》」

再び迫り上がった石板がそれを受け、同じ工程を経て地面へと引き込まれてゆく。

シロカドが楽しそうに微笑んだ。

「これ全部を避けきれますか？」

そう言って指を鳴らすと、炎と氷の球体が細かく砕け、礫になって舞舞に迫る。

舞舞はよろけながら立ち上がると、光の剣を解いて杖を天に掲《かか》げた。

「《大いなる彗星《ニルヴ・コメット》》」

声を合図に巨大な魔法陣が空に現れる。

そこから撃ち出されたのは——巨大な隕石《いんせき》。

天空を切り裂き落下する隕石とシロカドの魔法がぶつかり、爆音と衝撃がギャラリーを襲う！

「(巻き添えでダメージ入れば儲《もう》け物《もの》だけど……)」

相手のいた場所に目を向ける舞舞。

しかし、爆風が止《や》んだそこにシロカドの姿はない。

「(アイツは……!?)」

シロカドを見失った舞舞は、自分のすぐ後ろに気配を感じ、咄嗟《とっさ》の判断で最速で展開できる魔法を構築した。

「《流れ星《シューティングスター》》」

しかし、彼女の杖に反応はない。

魔法が発動しない。

「――え？」

舞舞の腹部を星の礫が貫いた。

鮮やかな赤色のエフェクトが散る。

「姐さんッ！！！」

吹き飛ばされた舞舞は力なく地面に転がった。LP《生命力》は残り30％を下回り、腹部に空いた穴の影響で、なおも猛烈な勢いで減り続けている。

「(何が起こったの……？)」

ゴホと、苦しそうに呻《うめ》く舞舞。

魔法不発はスペルミスでもなんでもなく、MP《精神力》だってまだ十分にあった。それに先ほどの攻撃はまるで自分の――。

そこまで考え、ようやく謎が解けた。

「(アレのせいか……)」

石板を出す魔法。

あれで攻撃を封印し、そして本に栞《しおり》を挟む魔法で自由に使えるようになるものだと推測した。

しかし、対策しようにも舞舞は既《すで》に余力が残っていない。

「これは困りましたね」

そう笑いながら歩み寄るシロカド。

「殺しは罪ですから、アナタに負けを認めさせるしか先に進む方法はない。でもアナタは負けを宣言するつもりがない。つまり、始めから先に進ませる気はないと？」

「今更気づいても遅いのよ……」

苦悶《くもん》の表情を浮かべながら、舞舞は勝ち誇ったように笑ってみせた。

このまま負けを認めなければ、舞舞のＬＰが全損しシロカドは監獄に送られる。

どっちに転んでも時間は稼げる。

「そうですか。困りましたねぇ」

そう言いながらシロカドは、仲間に視線を移し何かを合図した。

イージスのメンバーが一斉に武器を取る。

「なにして……」

「言いましたよね？　我々は天使様の加護に守られています、と」

シロカドの合図と同時にイージスのメンバーが動き出す。襲われたのは八岐のメンバー達だ。

「ざけんじゃねえよ!!」

「多勢に無勢とか汚《きたね》えぞ！」

なんとか対抗しようと武器を取るメンバー達だったが、八岐は五人に対しイージスは二十人近くいる。そもそもの数が違う。

無情に振り下ろされる武器。その何本かが八岐メンバーの体を貫いた。

「うそ……だろ……!?」

「おいマジで刺しやがった!! イカれてんのかてめぇら!!」

攻撃に一切の迷いがないことに舞舞は違和感を覚える。最悪の想像が頭をよぎり、冷や汗が流れた。

「アンタ達……いったい何をしたの……?」

「何って？ レベル上げですが？」

舞舞は違和感の正体に気づいた。

生き残ったイージスメンバーは三十人近くはいたはずなのに、松以外、誰もこの場に来ていない。

「一線を越えたわね」

「本当の強さを得るために必要でしたから」

仲間を殺してここに来た。

シロカドはそう言っているのだと気付いた。

本来プレイヤーの殺害は重罪であり、カルマ値は大きく変動、NPCの態度も変わる——はずなのに、町中のNPCはそれを一切咎《とが》めようとしなかった。

何かが変わり始めている。

漠然とだが舞舞は世界の異変を感じ、顔を青くした。

「我々は天使様の加護によってこの地に戻り、天使様の加護によって守られている。たとえそれが〝人間として間違った行為〟だとしても、全て天使様が決めること」

シロカドの周りに小さく尖った光の礫が出現。それらはイワシの様に群れをなし、周囲を泳ぐようにして飛んでいる。

「……死んで脳みそでもいじられたの？」

「アナタも一度死ねば我々と〝同じ〟になれるかもしれませんね」

「それじゃ死んでも死にきれないわね……」

全てを諦めたように、舞舞は目を閉じた。


「止まって」

凛《りん》とした少年の声が響く――。

不思議と周囲の音が聞こえなくなった。

「？」

舞舞が顔を上げると、そこには動きを止めたシロカドの姿があった。

舞舞の体が緑の光に包まれ、消える寸前だったLPは急速に回復し、腹の穴が塞《ふさ》がってゆく。

「僕の友人は〝そんなこと〟をさせるために皆を生き返らせたわけじゃない」

相手は明らかに子供なのに、シロカドは反論するどころか全く動けない様子だった。

彼だけじゃない。

イージスのメンバー全員が、その子供から発せられる〝圧力〟のようなものに当てられ身動きが取れなくなっていた。

「ばけ……もの……」

絞り出すようにシロカドは呟《つぶや》く。

舞舞は緊張の糸が切れ、意識を失った。

＊　＊　＊　＊

舞舞が目を覚ますと、そこは見覚えのある家の中だった。薄暗くて分かりにくいが、クエスト関連で何度か訪れた騎士の家である。

「(あれ、アタシなんでここに……?)」

彼女の様子を見ていたメンバーが慌てて立ち上がる。

「姐さん!? おい皆! 姐さん目ぇ覚ましたよ!」

「ほんとかよ!? 良かったぁ!」

「気絶してるだけって言われてただろ? 大袈裟《おおげさ》なんだよお前ら」

「んなこと言ってお前泣いてんじゃねーか」

一瞬で家の中が騒がしくなると、そこへあの少年が入ってきた。

「あ、目が覚めたんだ。よかった!」

「はい! マジ修太郎《しゅうたろう》さんのお陰っす!」

パチパチと揺れる暖炉《だんろ》の炎に照らされて、修太郎の表情が露《あら》わになる。

舞舞はその姿に怖気を覚えた。

「(この子……いったい何者なの?)」

纏う雰囲気が子供のそれではない。

柔和《にゅうわ》な笑みを浮かべているが、その目が自分を見ているのかさえ分からない。

恐らく全プレイヤーがこの子の事を知っているし、その多くがこの子に命を救われている。

しかし威張るわけでも、何かを求めるわけでもなく、いつの間にか霧のように消えてしまう。

ひと言でいえば謎である。

言うなれば、子供の形をしている別の何か。

ただ命の恩人であることは言うまでもない。

「……ありがとう」

舞舞の第一声は感謝の言葉だった。

「あのまま皆殺されるところだった」

「(あんな無感情に人を殺そうとする奴等《やつら》、今まで見たことない……)」

シロカドに怒りを募らせる舞舞。

「ううん。偶然通りかかってよかった」

そう言ってはにかむ修太郎。

そしてハッとした彼女が顔を上げた。

「あいつらは!?」

「大丈夫。全員捕まえたよ」

「そっか……」

その言葉にホッと一息つく舞舞。

それから舞舞はポツリポツリと語り出す。

「アタシが知るイージスは、超効率主義で貪欲《どんよく》な連中だったけど……人としての一線を越えたりしなかったのに」

「…………」

ライバル達が強くなっていたことへの焦りがあったとしても、あそこまでの立ち回りは見たことがなかった。

「理由はなんとなく察しがつくよ」

「！　そうなの？」

「うん。まとめて後で説明するから、今は体を休めてね」

「そんなの全然大丈夫、と」

無理に立とうとしてよろける舞舞──それを修太郎が抱き留めた。硬直する舞舞を心配そうに覗《のぞ》き込《こ》む。

「ね。今はゆっくり休んで」

「……はぃ」

もそもそと今度は素直に布団に包《くる》まる舞舞。

修太郎はメンバー達に声をかけた。

「引き渡しを見届けたら、僕らもすぐここを発たなきゃいけないんだ。それまでにはクエストも終わってるだろうし」

「えぇ!?　ガチ寂しいっす！　八岐に入ってくれないんすか!?」

「あはは！　僕、どこかに所属するつもりないよ」

そんなやり取りをしながら、全員が退出したのを布団の隙間から確認する舞舞。のそのそ出てきた彼女の顔は真っ赤《まっか》に染まっていた。

「暖炉の火、ちょっと強いのかしら……」

＊　＊　＊　＊

「チダ山脈に行くためには、騎士の試練を第一段階までクリアする必要があるんす！」

ザムザムと雪を踏み締めながら、タルヴォスの町を歩く修太郎達。すっかり心を開き舎弟のような立ち回りを見せる八岐のメンバーは、上に許可も取らずクエストの内容をペラペラと喋《しゃべ》っていた。

「元々ここには〝騎士王〟ってのがいたんですが、山脈へ剣の修行に行ったきり戻ってこなかった。ここが弱体化したのを見計らってチダ部族が攻め入ってからというもの、騎士達は騎士王の帰りを待ち、空《から》の玉座をずっと守り続けているらしいです」

「忠義に厚い連中だな」

セオドールは感心したように頷いている。

「だからここの連中はとにかく外部の連中に心を開かない！　俺達が最初に来た時、ＮＰＣの誰も口利《き》いてくれませんでしたからねぇ」

周りを見ると、確かにそれなりの人数の騎士とすれ違うが、修太郎達に何かを言ってくる者はいなかった。

「心を開かないだけで、閉め出されたりはしないんだね」

「それは多分俺達が一緒だからっすね」

「なるほど。じゃあ僕等《ぼくら》だけで来てたら最初にひと悶着《もんちゃく》あったかもしれないね」

「俺等の時は、いきなり『出て行けー！』なんて言われるもんだから、うちのマスターが騎士団長と一騎討ちして和解、そっからようやく会話できるようになった感じっす！」

「(エリア攻略後にまた一戦あるのは結構キツイかも……)」

ここはセルー地下迷宮の次のエリア。

ボス戦を終えた後にイベント戦があると考えると、かなり過酷と言わざるを得ない。

修太郎がそんなことを考えている間に、演習場のような場所に着いた。八岐メンバーは指導者らしきNPCに声をかけている。

「やあ、彼等の友人なら我々の客人だ。何もない所だがゆっくりしていくといい」

騎士はそう言って手を差し出した。

修太郎はにこやかにその手を取る。

「！」

握手を交わした騎士の表情が固まる。

そして――。

「握手すれば分かる……貴方《あなた》には一流の騎士の素養が既に備わっております。この域に達するまで何年、いや何十年掛かることか……」

演習していた騎士達もなんだなんだとやって来ると、握手を交わした騎士は目を輝かせながら、もう片方の手もがっちり合わせた。

「挨拶《あいさつ》が遅れてしまい申し訳ありません。騎士団長のエヴァンでございます」

「ちょ、エヴァンさん俺達の時と反応違いすぎない!?」

一騎打ちを挑まれるのと、握手ですむのとでは対応が大きく違う。しかしこの反応の違いは、修太郎がある条件を満たしていたからに他ならない。

それは剣術スキルのレベルである。

「私はここまでの境地にいるお方を見るのは初めてでございます。我が主君、騎士王様とてこの域には……」

「ほえぇ!?」

驚愕《きょうがく》の声を上げる八岐のメンバー。

シルヴィアとセオドールは誇らしげに頷いている。

なにしろ修太郎の剣術スキルは最大値。

他のプレイヤーとは一線を画《かく》している。

「ここは剣の強さが全ての地――しかし我々は騎士王様にお仕えする身。これ以上のことを申し上げられないのが悔やまれます」

落胆するように肩を落とす団長。

「忠義に厚いって？」

「…………」

ニヤニヤ顔を向けるシルヴィア。

セオドールは無言を貫いている。

タルヴォス独自のシステム、それは〝最も優《すぐ》れた騎士がここを統治する〟というもの。騎士王は揺るぎない存在だが、アリストラスの領主になった紋章《もんしょう》ギルドと同じように、ある条件を満たせばプレイヤーが統治することもできる。

「僕はここをどうこうするつもりはないよ。山脈を越えることが目的だから」

微笑みながら修太郎はそれを断った。

「そうですか。それは実に……」

団長は言葉を必死に飲み込んだ。

「修太郎さんに首ったけじゃん」

「え、じゃあ試練もナシ？」

ざわつく八岐メンバー。

団長は大きく息を吸い、そして吐く。

「しかし――我らには我らのルールがあります。もし山脈に挑みたければ、騎士としての試練を乗り越えていただく必要がございます」

「素振り一回とかで通してもらえそうな雰囲気だな」

先ほどの問答を見ていた八岐メンバーは団長にジト目を向ける。

「試練は公平に行う」

団長はクワッと目を見開きそう答えた。

「山脈を越えるにはチダ部族との衝突は避けられない。しかし、我らの業《わざ》なくしてチダ部族は討てない。そして、我らと同じ鎧志《ごころざし》をもつ者にしか技は与えられない」

「(実力は認めて貰《もら》えたはずなんだけど……)」

クエストのシステム的な問題で仕方ないかと納得する修太郎。団長は試練の内容を説明していく。

「まず最初の試練は〝鎧の作成〟。我々は騎士である前に職人でもあります。自らの鎧、剣、盾は自らが打つ。これぞ真《まこと》の騎士と言えます」

「同感だ」

フッとセオドールが嬉《うれ》しそうに笑った。

一行はそのまま演習場の近くの建物に通される。中には大勢の者達が金槌《かなづち》を振るい、武器や鎧を鍛えていた。

「条件は防御力＋10以上の鎧を鍛えること。作り方はこれを参考にしてほしい」

修太郎が羊皮紙を受け取ると、体に吸い込まれるように消え、目の前にレシピが表示された。

騎士の試練　1　鎧の作成
・必要材料
レアリティ4以上の鉱石
・必要技術
器用さ50
※完成品によって試練の内容が変動します。

制作に詳しい者が見ればすぐ分かるが、この鎧はレベルが10もあれば作れてしまう。

問題となるのはレアリティ4以上の鉱石だが、道中にあるソーン鉱山を攻略していればほぼ持っているといえる。

つまり、誰もが簡単に達成できる内容である。

「これは俺達の時と一緒っすね」

「そっか。ならフェアだね」

そう言いながら修太郎は楽しそうに腕をまくる。

「別に本人がやらなくても、仲間の誰かが技術系スキル持ってるならそっちの方がいいですよ！　クオリティ高ければ次の試練が結構簡単になりますから」

その言葉に修太郎はゆっくりと首を振った。

「僕自身を認めて貰えなきゃ意味がないから」

妙《みょう》なこだわりを見せる修太郎。

八岐メンバーも黙ってそれを見守る姿勢だ。

「あっ、姐さんだ」

建物の扉が開き、舞舞が顔だけ覗かせ中を見渡している。メンバー達がこっちこっちと手を振ると、少し遠慮がちに中へ入ってきた。

「少しは休めた？」

「あ、うん……お陰様で……」

髪で顔を隠す仕草をしながらそう答える舞舞。

「？」

修太郎は不思議そうに首を傾《かし》げつつ、また作業台の前へと向き直った。

「セオドールに教わったことが活《い》きてくるなぁ」

下唇《したくちびる》をぺろりと舐《な》めながら、修太郎はスキルを発動させる。

「《竜王の加護》《匠《たくみ》の極意》《ハイクオリティマイト》《達人の一振り》《集中作業》《ヴェネディクト》《鎧制作術　極み》《鉱石の声》《炎細工術》……」

七色に輝く修太郎の体。

舞舞達は大口を開けて固まっている。

手に持った金槌が禍々《まがまが》しい光を放っており「なんだなんだ！」とざわめく職人達。

真っ直ぐ振り上げられた金槌が、ストンと、振り下ろされた刹那——作業場が黄金の光に溢《あふ》れた！

「何が起こったんだ⁉」

「あの人の作業台からだ！」

「まさか……あの技は……！」

作業中だった騎士達が集まってくる。

僅か五振りで終わるはずの作業も、修太郎は一回一回、スキルと魂を込めて丁寧に打ち込んでいく。

「あれだけ強いのに純粋な戦闘職じゃないってこと……？」

「修太郎さんってマジで何者？」

「こんなエフェクト見たことねぇよ……」

舞舞達の声も修太郎の耳には届かない。

カンッ！　カンッ！　カンッ！

振り下ろされる度に輝きを増す鎧。

その光景に全員が言葉を失い魅入《みい》っていた。

カンッ！

最後の一振りと同時に、黄金の光が一気に鎧へと収束する。完成した鎧は一見して普通の見た目をしているが、立ち昇るオーラは七色に輝いていた。

騎士の鎧ex　製作者：修太郎
攻撃力　+255,763
防御力　+422,789
特性：チダ部族特効（大）

特性：寒さ耐性（大）
スキル「精錬騎士の一閃《いっせん》」

「どうかな？」

完成品を見ながらはにかむ修太郎。

セオドールはそれをよく観察し、

「及第点《きゅうだいてん》だな」と微笑んだ。

「もっと火力が高くなるまで待つ方がいい。槌の使い方は良かった。あとはタイミングだ」

「そっかぁ、まだまだ追いつけないなぁ」

「すぐに追いつかれたら俺の立場がないな」

はっはっはっと笑い合う修太郎とセオドール。

周りの人間の気持ちも知らず――。

「（これが及第点……!?）」

もはや理解が追いつかない舞舞。

「（自分も作ったからよく分かる……このレシピは攻略用の防具を作るためのものじゃなく、あくまでクエストクリア用の〝納品アイテム〟を作るためのもの）」

鎧職人の町というエリア特徴を活かすための鎧作成《ノルマ》だから、制作スキルを持ってなくても悠々とクリアできる。

つまり誰でも作れるレシピということになる。

しかし、修太郎の作った鎧は、最前線でもお目にかかれない伝説級の代物《しろもの》だった――レシピは同じなのに、だ。

「うーん、クオリティはイマイチだけど、とりあえずこれで最初のクエストの基準はクリアかな?」

「バッチリっすよ!」

「(バッチリどころじゃないわよ!!)」

無邪気に尋ねる修太郎にサムズアップするメンバー達。舞舞は声を荒らげそうになったが、修太郎と目が合うのが怖くて黙ったままだった。

わいのわいの言いながら、去っていく修太郎達を見送った舞舞は頭を掻《か》きむしる。

「ッ〰〰!! あ――――もうっ!」

「わっ! なんすか姐さん……」

「なんでもないッ!」

そう言って小走りで施設を後にする舞舞。

残ったメンバーはクエスチョンマークを浮かべながら後に続くのだった。

＊　＊　＊　＊

「なんと素晴らしい!!　まさに芸術だ!!」

団長の声が演習場に轟《とどろ》いた。

鎧をうっとり眺め続ける団長に、修太郎は困った様子で声をかける。

「あのぅ……試練のほうは？」

「もちろん合格です！　この後にもいくつか試練があるのですが、やるだけ野暮でしょう」

団長はそう言って、苦笑を浮かべながら首を振った。

「ちなみに俺達の時は体力テストに模擬戦に色々やらされたっすよ」

「そうなんだ。先も急ぎたいし免除は嬉しいなぁ」

自分の鎧が評価されたことにホクホクの修太郎だったが、団長が神妙な面持ちで向き直っていることに気付いた。

「そうは言いましたが――畏《おそ》れ多いのは重々承知の上で、私も騎士の端くれとして、ぜひ手合わせをお願いしたいと思っています。まことに勝手ながらこれを最後の試練とさせてください」

「フッ……」

シルヴィアとセオドールが同時に笑う。

団長の気持ちが理解できたようだ。

「……時間がないから——」

そう言って修太郎はゆっくりと剣を抜いた。

白い竜を思わせる綺麗《きれい》な刀身が雪景色《ゆきげしき》を反射している。

「一本勝負でお願いします」

「！　有《あ》り難《がた》い……！」

演習場の騎士達がゾロゾロ移動し、場所を空けた。団長と修太郎はゆっくり移動し、向かい合う。

ギャラリーからひょこっと顔を出し、舞舞達も見守っている。

「修太郎くんが戦う所を見るのは初めてね」

「あぁ確かに！　いつもめちゃ強い仲間達が戦ってますもんね！」

完全に観戦モードの舞舞とメンバー達。

シルヴィアとセオドールも二人の戦いを静観している。

「参ります」

何千何億と繰り返してきたのだろう。

腰に下げられた剣を澱《よど》みない動きで抜き放つと、団長はそのまま正眼に構えた。

二人の間に静寂が落ちる。

そして作業場の槌の音が響くと同時に――。


「な……！」


団長の首筋に剣が当てられていた。

団長と修太郎の距離は0。

ぴたりと動きを止め、鋭い視線を向ける修太郎。

魔王以外の誰もその動きを追えなかった。

「ま、まいり、ました……！」

団長は最初の構えのまま、信じられないといった様子で目を見開いている。

修太郎は綺麗な所作で剣を鞘《さや》へと収めた。

ザム、と、膝《ひざ》から崩れる団長。しかしその顔はどこか晴れやかだった。

「お見それ致しました」

「こちらこそ、試練ありがとうございました」

それだけ言うと、修太郎は頭を下げ、そのまま魔王達を連れ演習場から出ていった。残された八岐メンバーも長い硬直から我に返り、その後を追いかけていった。

＊　＊　＊　＊

雪が降りしきるタルヴォスの正門前に、白いマントの集団が拘束されていた。

「天使様を否定するのですか⁉」

唾を飛ばしながら激昂《げきこう》するシロカド。

他のメンバー達は俯《うつむ》き黙り込んでいる。

「人間をたくさん殺している事も知らず、何も考えずに信仰を捧《ささ》げるとは滑稽《こっけい》極まれり。貴様らは無能なのか？」

「⁉」

「大人気《おとなげ》ないこと言うなよ旦那《だんな》ァ」

つまらなそうに見下ろすガララスと、気の毒そうに呆《あき》れるバートランド。

見張りを任された二人は、セーフティエリアの外側で主の帰還を待っていた。

「ごめんねー、こっちの用事は終わったよ！」

遠くからやってくる人の群れ。

試練の第一段階をクリアし、チダ山脈の通過資格を得た修太郎が、八岐を連れてやって来るところだった。

「それは良かった。で、どうしますか?」

イージスのメンバーを見下ろすバートランド。修太郎は八岐メンバーに聞かせるように話し始める。

「彼らの身に起こったこと……実は松さんから説明を受けたんだ」

「!」

事情を知らない舞舞が松を見る。

イージスメンバーから少し離れた場所で膝を抱えていた松は、沈黙を破り、修太郎から引き継ぐように語り出した。

「……皆が蘇った後……私達は教会に行き、天使の祝福を受けた」

八岐メンバーが激昂する。

「てめぇ! あんなことがあったのになんで!」

「すまない……私が弱かったせいだ……」

そう言って、両手で肩を抱くようにしながら松は震え出す。

「元々マスター達は天使の良い面しか知らない。もちろん止めたが、それ以上に〝先を行かれた〟ことが許せないのだと……」

各地に散っていた生き残りメンバーからの説得も受けたが、聞く耳を持たなかった。そのままシロカド達は強引に教会に向かい、天使の祝福を得ていた。

天使が起こした事件を知らない者からすれば、祝福は経験値増加やステータス増強などメリットの塊である――いや、だったというべきか。

何かに怯《おび》えるように口を震わせ、松は続ける。

「祝福を受けてから皆の様子は一変した。前回の祝福には無かった変化だ……まるで、まるで何かに取《と》り憑《つ》かれたように……」

「確かに様子が変だとは思ったわ。目つきもなんかヤバかったし」

同情するように舞舞が答える。

「私達は必死に説得した。説得して、それで……」

松はその光景を思い出したくないのか、耳を覆って塞ぎ込む。

でもね、と舞舞は強い口調で語り出す。

「だからって、おかしくなったコイツらにただ黙って従うなんて変でしょ？　アナタ、それで他の人が死んだらどうするの⁉」

「姐さん落ち着いて！」

「こっちはね、デスマッチに関係ない仲間にまで手ぇ出されたのよ⁉　落ち着いてられないわよ！　アナタは天使に操られてないんでしょ⁉　こんな危ない連中けしかけやがって！」

激昂する舞舞に、松はただ頷くばかり。

『三人も倒すとは……剣の腕は健在ですね』

『私達の死を踏み越えただけはある』

『アナタとまともにぶつかれば戦力半減ですね。我々は消えますから、どうか長生きしてください』


教会前で起こった戦闘を思い出す松。

一緒に説得にあたった生き残り組は、シロカド達によって全員殺されてしまった。

恨みもあるし、到底許せる気はしない。

しかし、彼女はシロカドとの縁を切れなかった。

「おかしくなってるのは私も分かっている……」

それ以上の言葉は出てこなかった。

松は首を左右に振り、目元いっぱいに涙を溜《た》め、微笑んだ。

「すまない、罪を償《つぐな》う時間だ」

「は？　アンタ何言って……」

舞舞が一歩近づいたその時だった――。

ジャラジャラと鎖《くさり》の鳴るけたたましい音と共に、イージスのメンバー達が拘束されていく。

舞舞達も見覚えがあるこれは〝犯罪者の末路〟。

「なんですかこの鎖はッ！」

「くそ、外れねぇよ‼」

激しく抵抗するメンバー達。

唯一松だけはそれを受け入れており、目を閉じてその時を待っているようだった。

「どうして今更……？」

「天使の祝福が切れたからだ」

拘束されたまま答える松。

「天使の祝福はゲームのシステムを根底から否定するような変更がされている。そのせいでマスターや皆はおかしくなってしまった……」

松とシロカドには深い絆《きずな》があった。

片方が死ねば片方も後を追うほどの――。

「紋章のおせっかい男に伝えてほしい」

鎖で強く縛り上げられながら、松は顔色ひとつ変えず続けた。

かつて自殺しようとセーフティ外に向かった松は、誠《マコト》の必死の呼びかけにより踏《ふ》み止《とど》まることができた。

そのおかげでシロカドとまた会うことができた。

しかし、思うような結果にはならなかった。

「お前に救われた命、無駄にしてすまないと」

一筋の涙と共に、松はゆっくり沈みだす。

イージスのメンバーも皆地面に沈んでゆく。

目的地は罪人が送られる場所、ヘルバス地下牢獄《ろうごく》である。

「泣くくらいなら……」

舞舞のかすれ声は、鎖の音にかき消される。

トプン、と、波打つ地面はやがて元の硬さに戻り、彼らがいた痕跡《こんせき》すら綺麗になくなっていた。

「…………」

修太郎は複雑な顔で地面を見つめていた。

「(ロス・マオラ城の牢獄に入れる選択肢もあったけど、あまりにも天使との関わりが深すぎる……レジウリア《皆》の民を危険に晒《さら》せない)」

修太郎には彼らを救済する手段があったのだが、八岐への攻撃などの実害も考慮し、結局行動には移さなかった。

「今のってつまり〝天使の祝福を受けた人は、人格が変わって殺人が黙認される〟ってことで合ってる?」

恐る恐るそう尋ねる八岐メンバー。

修太郎が小さく頷くと、悲鳴をあげて顔を青くした。

「この状況でまだ天使を信じてる奴がいるとは思えないけど、皆に知らせておかなきゃいけないわね」

神妙な面持ちで呟く舞舞は、素早い手つきでメールを作り始めていた。

「皆への連絡はお任せしてもいい？」

「ええ承知したわ。その、修太郎くんは……」

「僕らはそろそろ出発するよ。誰よりも先に祈りに辿《たど》り着《つ》かなきゃいけないから――」

そう言ってチダ山脈を見つめる修太郎。

舞舞は「祈りを壊さないで」と一応忠告しようか迷っていたが、この人に限ってと、余計《よけい》なお世話はかけないことにした。

「じゃあ、ここでお別れだね」

四人の魔王を従えながら八岐に向き合う修太郎。

「あの、寒さ対策とかもしたほうが……」

「ううん！　コレがあれば暑さも寒さもへっちゃらなんだ！」

そう言って修太郎は笑顔でくるりとターンしてみせた。ヒラリと舞うマントと服は神秘的な光を帯びており、ひと目で一級品であることが分かった。

少し残念そうにしながらも表情には出さず、舞舞は笑顔で送り出す。

「ではまた、どこかで会いましょうね」

「うん。皆もどうか無茶しないでね」

明るい笑顔で大きく手を振る修太郎。

舞舞はズキズキと痛む胸の中心を押さえた。

「うおおお修太郎さ――ん!!」

「すきだ――！　俺も仲間に入れてくれぇ！」

メンバーに見送られながら去っていく修太郎達。短い滞在時間だったが、八岐のゴロツキ達全員の心を見事にさらって行ってしまった。

「……この恩は一生忘れない」

修太郎の後ろ姿を見つめながら、舞舞はそう心に誓う――その視線の先で、

「修太郎さん！　エリア解放できたんですね！」

「なぜ妾《わらわ》はいつもミサキと行動させられるのかしら……」

町の中央で誰かと合流したのを見て、舞舞の動きが止まる。

メンバー達は両手で双眼鏡を作って身を乗り出した。

「ありゃ紋章の銀弓の女神《アルテミス》じゃん」

「あー、うちのツートップのお気に入り？」

「俺の修太郎さんと仲良さそうにしてるなぁ」

やいやい言っているメンバー達を尻目に、舞舞の心のうちは穏やかではなかった。

「(なによこれ、なにこの感情……)」

恨みのこもった瞳《ひとみ》でミサキを睨む舞舞。

「(うちのバカ二人だけじゃ飽《あ》き足《た》らず修太郎くんまで……!)」

「気に食わないわ……!」

「あれ姐さん嫉妬《しっと》っすか?」

「してないッ!」

「あの美女には流石《さすが》に勝てんすよ」

「その、年齢的にもね?」

「オマエラ、好き放題言いやがって……」

その後、激昂した舞舞にメンバー達が小一時間説教されたことは言うまでもない。

雪道をしばらく進むと、動物の骨で作られた砦《とりで》が見えてきた。

「あれがチダ部族の集落……」

モコモコの防寒具に身を包むミサキは、その悍《おぞ》ましい装飾の数々を見てごくりと喉《のど》を鳴らした。

血で描かれた不気味な模様や、腐敗した何かが吊《つ》るされていたりと、その近寄り難《がた》い雰囲気《ふんいき》からチダ部族の残虐さを窺《うかが》い知《し》ることができる。

「死体を吊るして縄張りを主張しているのか」

シルヴィアがそう分析し呟《つぶや》く。

「ならば武力に自信がありそうだな」

楽しそうに笑うガラランス。

ゴキゴキと体を鳴らし、何かが起こるのを期待しているようだ。

装飾の数々をジッと見つめる修太郎《しゅうたろう》。

「これはたぶん……外部の者への〝警告〟。僕はどちらかというと攻撃性よりも知性を感じる。案外臆病《おくびょう》なのかも」

「……合ってると思います。騎士さん達から聞いた話を総合して、私も同じ意見です」

修太郎の言葉にミサキが同意した。

「というのも、武力絶対主義を主張した一人の騎士が王国から追放され、この地に移り住んだのが騎士の国タルヴォスの始まりと聞きました。チダ部族の住まう土地に騎士が踏み込んできて、勝手に国を築き上げたそうですね」

「それは怒って当然だな」

ミサキの説明に苛立《いらだ》ちを見せるシルヴィア。

修太郎達がクエストをこなしている間、ミサキとバンピーは山脈に関することや、その先のエリアについての情報収集を担当していた。

「それじゃあ騎士の側についてここを通るよりも、部族と仲良くなるほうが良いのかな？」

一連の話を聞いて倒すのが忍びなくなった修太郎だったが、ミサキとバンピーは同時に首を振った。

「それはそれで無理みたいです。チダ部族には言葉も通じず、部外者に心を許すこともないそうです。それに……」

「知性があるといっても、相手を破壊することや自分達を満たすことにしか使わない連中です。

元々、人里に降りて食物や女を略奪するような下等種族ですから」

「そっか」

二人の意見を聞き、迷いを消す修太郎。ここを越えねば祈りには届かず、時間もないため武力的な交渉を覚悟する。

「ギギャ！　グググ!!」

「ギゴ！　ギゴ！」

全員が入り口を越えるや否《いな》や、洞穴の至る所から屈強な猿のような巨体が湧いてきた。


チダ山脈周辺ｍｏｂ《モブ》図鑑から引用すると——原住民であるチダ部族は異《こと》なる派閥同士で争いが絶えない状態にあったが、絶対的なリーダーが現れ部族は一つとなっている。彼らの習慣として、戦った相手の骨を体にぶら下げ飾りにするという残忍な慣習がある。

熊のような動物の皮を被った彼らは、体にぶら下げた骨をカラカラと鳴らしながら山間を移動してゆく。棍棒《こんぼう》や石といった武器を掲《かか》げ、修太郎達に襲い掛かった——しかし、

「ここで滅びるつもりかしら？」

バンピーのスキルが全てを無に帰す。

先鋒《せんぽう》隊として飛び掛かった数人が塵《ちり》となるのを見た部族達は、闇雲にぶつかるのはやめ、修太郎達を警戒するかのように観察を始めた。

「あら。どこぞの天使よりも賢いじゃない」

そう言ってバンピーは小さく笑う。

修太郎達を見下ろす形で夥《おびただ》しい数のチダ部族が山間に集結していた。近付くのは愚策と判断したのか、彼等《かれら》は石を取り出し一斉に投げ始めた。

「発想は悪くないがな」

今度はガラスのスキルが猛威を振るう。

投擲《とうてき》された石が弾《はじ》かれ、持ち主の元へと還《かえ》ってゆく——勢いを増すそれらは、ガラスの攻撃力を上乗せした威力で襲いかかった！

ズガガガガガと凄《すさ》まじい着弾音が響き渡り、その威力を物語るかのように山の表面は大きく削《けず》れていた。

今ので30～40％の部族が死に、奇跡的に直撃を免《まぬか》れた個体も雪崩《なだ》に巻き込まれていく。

「うちの〝盾担当〟達は容赦《ようしゃ》ねェな」

同情するようにそう呟くバートランド。

「誰が盾担当よ」

「歯向かう者に容赦はせん」

不服そうなバンピーと、誇《ほこ》らしそうなガララス。

「(私って絶対場違いだなぁ……)」

ミサキは構えていた弓を遠慮がちに下ろした。

「――八岐《ヤマタ》の人達から聞いた話だと〝月〟と〝太陽〟の部族長が持ってる証《あかし》を使ってボスの部屋まで行けるみたい。ただ洞窟の数がとても多いし、探索は大変だから……」

修太郎の目配せに気付いたミサキはハッとなり、固有スキルを発動してエリア全体の敵の数そして動きを共有した。

ボスと思《おぼ》しき大きめの赤点が二つ。

エリア内にプレイヤーの姿はない。

「大きさ的にここと、ここ、だと思います」

「匂いから辿《たど》ると入り口はそことあっちだ」

ミサキの生命感知とシルヴィアの超感覚で、相手の大まかな場所の割り出しはできた。

エルロードが印を結んで魔法陣を生成する。

「《闇の行進》」

魔法陣の中心からドロリとした何かが溶けるように地面に染みてゆき、辺り一面を不気味な黒に染め上げる。

足元から現れたのは黒い人型の異形。

およそ100体ほどのそれらは、四《よ》つん這《ば》いのまま洞窟の中へと進み散り散りに分かれる。

エルロードの目の前には100個の窓がモニターのように表示された。

「……どうやら見つかったようですね」

そう言ってエルロードが腕を振ると、奥に入った山の中腹辺りに、部族長と思しき二体のシルエットが浮かび上がった。

「(ここから一歩も動かずに正確なルートとターゲットの場所まで割り出せるなんて……)」

シルヴィアの超感覚とエルロードの魔法の性能に心の中で舌を巻くミサキ。これで複雑なマップを攻略する必要はなくなった。

「すごいです！　これなら場所は――」

「二人とも、お願いできる？」

「「承知」」

感動するミサキの横でザッと歩み出るシルヴィア、セオドール。シルヴィアは光の剣を召喚し、セオドールは禍々《まがまが》しい大剣を抜いている。

「あまり被害を出すなよ」

「そのつもりだ」

短く会話する二人が武器を構える。

シルヴィアが光の剣を放ち、
セオドールが大剣を振り抜く。

そして――山脈に二つの穴が空いた。

「(マップごと……!?)」

穿《うが》たれた二箇所はそれぞれのボスがいた場所で、ボスが死んだためか修太郎の下にキーアイテムである〝族長の証〟が二つ飛んできた。

「これで揃《そろ》ったかな」

あっけらかんと言う修太郎。

もはや驚いているのはミサキ一人だけだ。

「では頂上に参りましょう」

エルロードがそう答えたと同時に、皆の体がフワリと浮いた。本来数時間かけて山道を進み、入り組んだ洞窟を探索して二体のボスを倒す——というルールを完全に無視した攻略方法。

「ごめんねミサキさん……」

「え、なにがですか?」

「楽しくないよね、こんなやり方……」

修太郎も思うところがあるようで、声のトーンを落としながらそう呟いた。

「先を急ぐのが目的ですからね」

「…………」

「(それ以前に攻略の方法が規格外すぎて驚きっぱなしです……)」

しばらくの沈黙の後、ミサキが続ける。

「そもそも、修太郎さん達と出会えてなかったら私、楽しむ余裕もなく死んでましたから」

自嘲気味に笑うミサキは、はるか眼下に広がる広大なeternity《エタニティ》の世界を眺めながら目を輝かせる。

「たくさん嫌な思いをして、たくさん涙を流しましたけど、修太郎さんを心の支えにやってこれました。だからこうやって、一緒に冒険できるだけで私にとっては幸せなことなんです」

「ミサキさん……」

ミサキの言葉に目元を潤《うる》ませる修太郎。

ミサキの嘘偽《うそいつわ》りのない言葉は魔王達全員の心にも届いていた。それは、共感に近い感覚。

魔王達にとっても、修太郎といられるこの時間こそ特別だと感じていたから。

「修太郎さんがこの世界を好きって気持ちは伝わってきます。デスゲーム《こんなこと》になってしまったけど、新しい出会いがあったり、発見があったり、とても貴重な体験ができてると思います――勉強してるだけじゃ絶対に見つからなかったものも……見つかりました」

そう言って胸に手を当て目を閉じるミサキ。

ミサキがなにを得たのか、修太郎には分からなかった。ただその表情から本当に大切にしている気持ちが伝わってくる。

「僕も同じだよ。このゲームをやってなければ見られなかった景色、得られなかったものがたくさんある……絶対誰にも奪われたくない」

ゲームのルールを捻《ね》じ曲《ま》げプレイヤー達を苦しめる天使という存在。皆が積み上げてきたものを否定し、唆《そそのか》し、破壊した彼等に修太郎の怒りが込み上げる。

「本当はね、このエリアだって隅々《すみずみ》まで探検したい。クエストも全部受けて物語を楽しみたかったんだ。でも今はもう……」

「できますよ」

ミサキはそれを優しく否定する。

風に靡《なび》く髪を耳にかけ、微笑《ほほえ》んだ。

「全部終わった後、また一から探検しなおしましょう！」

「そんなのできるのかな……」

「できますよ！　私も付いていきますから」

修太郎は全部が終わった後のことなど考えてもいなかった。今を必死に生きていた彼は、その後のことを初めてちゃんと考える。

「(そうだよ……やりたいことは沢山ある。でも一番は——エルロード達と、レジウリアの皆も連れて思いっきり遊びたい)」

天使達を倒した後、皆とできなかったことを全部やればいい。先の目標を掲げたことで修太郎の目はやる気に満ちていた。

「エルロード！　もうそろそろ着く!?」

高い標高を誇るチダ山脈にも終わりが見え、修太郎は待ちきれないと言わんばかりにそう尋《たず》ねた。

「ええ、ここを越えればすぐです」

エルロードが答えてすぐ、一行はチダ山脈の頂上に到達した。

頂上には巨大な洞窟の出口があり、三日月のような形の岩の前には金色の玉座が置かれているのが見える。

そのまま一行がゆっくりと着地すると、修太郎とミサキは頂上からの幻想的な景色に思わず見惚《みと》れた。

相当な標高があったためか、そこは見渡す限りの雲海で、玉座の後ろには星々が煌《きら》めいていた。空から見下ろすのとはまた違う、地上から見た景色。その美しさにゾクゾクしながらも、修太郎は二つの証を取り出した。

「…………」

「おい旦那《だんな》」

バートランドが声をかけるも、エルロードは呆《ほう》けたように修太郎のことを見つめていた。

「皆、準備はいい？」

そう言って振り返る修太郎に魔王達が同意し、ミサキも気合を入れるように大きく頷《うなず》いた。

修太郎はそのまま、玉座の背もたれに空けられた丸状の穴に二つの証をはめ込む——と、まるで陰陽太極図《いんようたいきょくず》のような溶け合う形でピッタリはまったそれが光を放つ。

一瞬の明転。その直後、

「えっ？」

修太郎が戸惑うのも無理はない。

そこには別の世界が広がっていたのだから。

空は赤と黒に染まり、三日月の岩、そして玉座以外なにもない空間に変わっていた。

「皆いる？」

「はい、こちらに」

言葉を失うミサキを含め、魔王達全員がそこにはいた。おそらく空間転移の類《たぐい》だろうとエルロードは分析する。

三日月の岩から血のような液体がぽたりぽたりと沁《し》み落ちている。

玉座には誰も座っていない。

「！」

何かに気付いたシルヴィアの方を見やると、赤黒い空に一人の騎士が立っていた。

黄金色の鎧《よろい》に鬼に似た兜《かぶと》の騎士。

菱《ひし》形の穴がある槍《やり》を持ち、修太郎達を見下ろしている。

「騎士達の使い……私を連れ戻しに来たか」

低く威厳のある声が空間にこだまする。

「私は冥王ウルティア。かつて騎士の国タルヴォスで王だった男だ」

彼こそが騎士達が仕えている人物。

王国を追われ国を作った最初の騎士である。

「ここはどこなんですか……？」

「朝と夜の間の空間。狭間《はざま》の世界だ。一瞬でもあり、永遠でもある場所」

不安げに尋ねるミサキに、待ってましたと言わんばかりにそう答える騎士王。

「武を極めんとする者の理想郷はどこか――それは〝時間に縛られない世界〟だ」

何かのスイッチが入ったように、騎士王は捲《まく》し立《た》てるように続ける。

「かつて私はとある国の騎士団に所属していた……しかし、そこは頭の良い者が軍師となり、身分の高い者にばかり位がつく。戦争において最も重要なものはなにか。それは作戦でも、ましてや高潔さでもない。ただ純粋なまでの〝武〟これに限る、そうだろう!?」

魔王達は微動だにしていない。

唯一ガラスだけが大きく頷いている。

「私は誰よりも強かった。私がいれば戦争に勝てるほどに！　それがどうだ？　手柄は全て位の高い者に贈られる。味方殺しの罪で追放？　だからどうした。強さこそが正義ではないのか？　私はそんな場所で貴重な時間を浪費するわけにはいかなかった」

肩で息をしながら、騎士王は続ける。

「世間に知らしめたかった。私は正しく、私こそが真の強者であると」

兜の奥で赤い瞳《ひとみ》がギラリと光る。

「ある魔法使いは言った——空《から》の玉座に昼と夜の証を示せ。さすれば狭間の世界で永遠を得るだろう、と」

騎士王は両手を広げ高らかに叫ぶ。

「ここならば武の真髄《しんずい》に辿り着ける！　今度こそ、全てを我が物にできる！」

高笑いする騎士王。

「仲間の所へは帰らないの？」

修太郎の言葉に騎士王はフンと鼻を鳴らした。

「あんな屑共《くずども》など知らん。元々チダ部族への供物《くもつ》として集めた落ちこぼれ共だ」

吐き捨てるようにそう答える騎士王。

王を待ち続けながら稽古《けいこ》に励《はげ》む騎士達の姿が脳裏に浮かび、修太郎は思わず俯《うつむ》いた。

「こんな場所で……」と、修太郎が呟く。

「何もない場所に一人で来たところで……武の真髄になんて辿り着けるわけないよ」

騎士王の動きが止まり、鋭い眼光が修太郎を見下ろした。

「貴様。私を否定するのか」

「自分を強くするためには、自分より強い相手に挑み続けなきゃだめなんだよ。何もないこの空間で、あなたが思う武の真髄に到達したとして、誰がそれを判断するの？」

白竜の剣を抜きながら歩き出す修太郎。チャプチャプと音が響き、空を映す鏡のような水面《みなも》に波紋が広がる。

「ならば貴様に判断してもらおうか」

騎士王が槍の先を向け、空に雷雲が轟《とどろ》くと同時に、修太郎の周囲に稲妻が走った。

不安げに見守っていたミサキは、一切加勢しようとしない魔王達の様子に気付く。

「《紫電槍術《サンダーライトスピア》》！」

稲妻が形を成し、その全てが騎士王と成った。

稲妻による分身術――その数およそ20。

それぞれが紫電を帯びた槍を持ち、眼下の修太郎を見下ろしている。

「「武の真髄を知れ！」」

紫色の雷を槍に集めて突進する騎士王。

修太郎の剣に青色の炎がボゥと宿り、周囲の水が蒸発するほどのエネルギーが修太郎の体に渦巻いてゆく。

修太郎は剣を正眼に構え、フッと息を吐く！

「《竜閃焔《リユウセンホムラ》》」

蒼炎《そうえん》がうなるように形を変えながら騎士王とぶつかり――騎士王の体は、焼き斬れた。

全ての分身に等しく刻まれた一文字《いちもんじ》の斬痕《ざんこん》。

雷の分身が形を失い、霧散してゆく。

槍や鎧が落ち、ジュという音を立てながら水面に沈んでいった。

再びぐにゃりと空間が歪《ゆが》むと同時に、元の空模様へと変わると、修太郎達はチダ山脈頂上へと戻ってきていた。

玉座の横には騎士王の兜だけが残されていた。

「皆はあなたのことをずっと待ってたよ」

兜をストレージにしまいながら、尊ぶようにそう呟く修太郎。雲海が晴れていくと見渡す先まで原生林が広がり、その先には緑色の幕のようなもの――精霊の祈りが見えた。

＊　＊　＊　＊

ツルグル原生林。

魔力に満ちたこの地には古《いにしえ》の種族エルフが住まうとされており、彼等の結界が人間達の方向感覚を狂わせる。まさに自然の大迷宮である。

「…………」

何かを懐かしむようにバートランドが木に手を当てる。

視界いっぱいに広がる木々。

高枝から構成される「上の森」と、控えめな樹木や亜樹木から形成される「下の森」が緑の密度を高めている。朽《く》ちた倒木《とうぼく》には苔《こけ》が生え、そこかしこに生命の息吹《いぶき》が感じられた。

原生林という名の通り、道らしき道も存在していない。

「いいですね、ここ」

振り返ってはにかむバートランド。

それを見て修太郎も何かに気づいた。

「そういえばここ、バートの世界によく似てるね」

「はい。ここから同胞の気配も感じますね」

そんな二人をよそに、ミサキは一人「あれ、あれ、あれ？」と焦ったように何かを操作していた。

「どうしたの？」

「変なんです。ここ、全く赤い点が映りません」

ミサキのマップにはただの一つも赤点が存在しなかった。ミサキはまるで古いテレビをそうするように、マップをバシバシ叩《たた》いて調子を窺《うかが》っていた。

「確かに私も何も感じないな」

シルヴィアがそれに同意すると、いよいよ不審《ふしん》に思ったエルロードが本を開いた。

「変ですね。探ってみましょうか？」

「や、その必要はねェよ」

そう言って一人歩き出すバートランド。

チダ山脈とツルグル原生林の境をゆっくり観察するように歩きながら、とある場所で足を止めた。そこにはひときわ巨大な木があった。

「――――」

バートランドが特殊な言語で呟くと、巨木があったはずの場所はまるで蜃気楼《しんきろう》のように解けて消え、先へと続く道ができた。

「エルフによる結界です」

舗装されてるわけではないが、獣道《けものみち》というわけでもない。まるで木々が自主的に避けて作ったかのような、不思議で自然な道。

本来この場所は、森の中である条件を満たさない限り、攻略自体ができないという難攻不落のエリアである。

その条件とは〝武器を捨て、エルフに投降する〟というもの。タルヴォスにいるはぐれエルフ族とのクエストをこなしていれば、ヒントを聞くことができる。

条件を無視する方法は他に二つある。

一つは全てのエルフを倒し尽くすこと。

もう一つは、エルフに認められること——。

「闇雲に入ってたら迷ってましたねェ」

笑いながら煙草《たばこ》の火を消すバートランド。

結界の解除は、エルフの王にとって造作もないことだった。

道ができると同時にマップに赤い点が現れ始め、ミサキはほっと胸を撫《な》で下《お》ろす。

「(よかった、お役御免になるところだった……)」

改めてマップを見下ろすと、少し進んだ先に青い点が複数個あることに気付く。恐らくこれが八岐の攻略組なんだと理解すると、すぐさま修太郎に報告した。

＊　＊　＊　＊

八岐の攻略組は完全に道に迷っていた。

「だ——！　だからさっきの道は右に行こうぜって言ったじゃねえか！」

「それでアランさんに任せたら謎の中ボスと遭遇してえらい目に遭《あ》ったじゃん……」

「ボスがいる方が正解の道に決まってるだろ！」

ギャーギャーと揉《も》めるアランとメンバー。他のメンバーもそれを見てゲラゲラと笑っていた。

Hiiiiive《ハイヴ》は一人マップを開いて何かを考え込んでいる。

「マスターもなんとか言ってくださいよ！」

「ん？　下調べせず突っ込んだアランが悪いぞ」

「急げって言ったのテメェだろ！」

「確かに言ったけど、下山の勢いそのままに突撃するとは思わなかったし」

アランを追う形でこの自然の迷宮に迷い込んでしまった八岐攻略組。唯一の救いは、進むたびにマップが更新されている（新しい道に進むと起こる現象）ということだが、この表示が合っているのかすら怪しい。

「（ちょっと焦りすぎたか……）」

木々の間から見える緑色の膜を見上げながら、ハイヴは大きなため息を吐《つ》いた。

「名案を思いついた！　こっから全部の木をぶっ倒せば迷うこともないし道もできるし一石二鳥じゃね？」

「名案ですね！　もちろんアランさんがやってくれるんでしょ？」

「当たり前だろ！　おらあああ《金剛双蛇《こんごうそうじゃ》》！」

しかし、木は倒れるどころか傷ひとつ付かなかった。まるで衝撃が吸収されているような手応《て　ごた》えにアランは首を捻《ひね》っている。

「(望み薄だがコッチに期待しとくか)」

事態の深刻さに気付いているハイヴは、タルヴォスに残った舞舞《マイマイ》からのメールに視線を移す。

そこには短く「祈りは壊すな　助《すけ》っ人《と》が向かってる」とだけ書かれていた。


「あ!　いました」

場の雰囲気に似つかわしくない明るい声が響くと、何もない空間からミサキがにゅるりと現れた。

突然の登場にメンバー達が悲鳴を上げる。

「おまッ……なんでここに!?」

「あれ、メンバーの人に聞いてませんか?」

「いや何も……」

残念ながらハイヴ以外のメンバーはメールの存在に気付いてすらいなかったようだ。

「とにかく合流できてよかったです!」

嬉《うれ》しそうに微笑むミサキに鼻の下を伸ばすメンバー達。

「流石《さすが》アランさんが贔屓《ひいき》にするだけありますね」

「贔屓になんかしてねぇよ!」

やかましいやり取りが森の中に響く。

「（おいおい、またえらいの連れてきたな……）」

ハイヴはミサキの後ろから現れた存在に気付き、思わず目を見開いた。

「バート、周辺に変わったところは？」

「んー、この感じ、そろそろ向こうから接触してきそうな気配がありますねェ」

見覚えのある少年が怪物達に指示を飛ばしている。いや、以前とは全然違うぞとハイヴは認識を改める。少年の纏《まと》う雰囲気も怪物達と同じかそれ以上であったからだ。

＊　＊　＊　＊

修太郎からaegis《イージス》のことを聞き、八岐メンバー達は怒りを露《あら》わにした。

「それもこれも天使の仕業かよ……！」

忌々《いまいま》しそうに拳《こぶし》を握るアラン。

ハイヴはそれを静かに聞いていた。

「天使の企《たくら》みが分からない以上、下手に進むと向こうの思う壺《つぼ》になる。〝闇の神〟の手がかりを探すために、まずは彼の僕《しもべ》である精霊達に話を聞く必要があるんだ」

修太郎の言葉にハイヴが頷く。

「……事情はだいたい分かった。というか、礼がまだだったよな。うちの連中を助けてくれてサンキューな。助かったよ」

そう言って修太郎とハイヴは握手を交わした。

「――元々俺達も精霊を倒すつもりはなかった。セルー地下迷宮で火の精霊を倒した時の違和感、あれの正体について調べるつもりだったんだよ」

「違和感っていうのは？」

「戦う意思を一切感じなかったし、壊さないでくれとも言っていた。その言い方は単なる命乞いとかじゃなく……あれは〝警告〟だった」

「警告……」

あの火の精霊は何を訴えていたのだろうと、ハイヴは今日の今日まで考え続けていた。そもそも精霊についての文献が不自然に少なく、そのほとんどが神話で語られているような話ばかり。有益な情報は全く手に入らなかった。

こめかみをグリグリしながらため息を吐くハイヴに、修太郎が微笑みかける。

「ここなら有益な情報が手に入ると思う」

「本当か？」

思わず修太郎の方を見たハイヴは、その隣に〝バートランド《エルフ族》〟がいることに気付く。

「なるほど、だから迷わずここに来れたのか」

「うん。ミサキさんのスキルと、舞舞さんの情報があってこそだけどね」

修太郎の説明に納得したように笑みを浮かべるハイヴ。

「それじゃあそろそろ話を聞きましょう」

そう言いながらバートランドが指を鳴らすと、木々に囲まれた空間がまるで霞《かすみ》が晴れたように消え、本来の景色が現れていく。


「……え？」

誰かの間抜けな声が漏れる。

木々の上に矢尻を光らせながら、鋭い眼光のエルフが八岐メンバーを狙っていた。メンバーはここで初めて〝自分達が取り囲まれていた〟ことに気付いた。


「『争うつもりはない』」

バートランドがハイエルフ達に語りかける。

人間の言葉ではない、どこか歌のようにも聞こえるその言葉に、ハイエルフ達は反応を示した。

「『王よ、我々の領地にようこそおいで下さいました』」

「『おいおいやめてくれ。俺はあんたらの王じゃない』」

「『我々には分かります。貴方《あなた》は偉大なお方であると』」

木の上から降りて来たハイエルフ達はバートランドの前に跪《ひざまず》いた。プレイヤー達はバートランドが何を話しているのか分からない。修太郎も心配した様子で見守っている。

「『風の精霊に会いたい。案内してくれないか?』」

「『精霊さま――ジジジ……』」

突如、電撃が走ったように体を痙攣《けいれん》させると、ハイエルフの瞳が暗く曇っていく。

「我々は精霊に迫害されている」

「あの邪悪な怪物をどうか倒してください」

先ほどまでとは違い、プレイヤーにも理解できる言葉でそう口走るハイエルフ達。

明らかに様子がおかしい。

バートランドは困惑したように説明した。

「妙《みょう》だな、さっきまでこんな感じじゃなかったのに……」

「ハイエルフ達にとって精霊は敵なのかな」

「いえ、むしろ逆のはずですが」

修太郎の考えを否定しつつ、もはや抜《ぬ》け殻《がら》のようになってしまったハイエルフ達に再度呼びかける。

『どうした、何が起こったんだ？』」

「精霊は我々の子供達を奪い、食べた。奴《やつ》らは悍ましい存在です、邪悪です」

「どうなってんだァ？」

困惑するバートランド。

ハイエルフの様子は一向に戻らない。

「いや、おおむね予想通りだ」

何かを察したハイヴが違和感の正体について言及する。

「やっぱこの動き、明らかにゲーム側が〝精霊を倒せ〟と促してんな。火の精霊の時もレベルを直接上げるなんていう破格の褒美があったわけだしな。イージスのマスター辺りは話を聞かずに倒してたろうよ」

「で、でも精霊を倒せば祈りが消えてまた大規模な侵攻《しんこう》が発生するんじゃ……」

ミサキの言葉に肩をすくめるハイヴ。

「そこが引っかかるよな。仮にレベルが上がったところで、あれを相手にしなきゃいけなくなるなら普通は慎重になる……」

「深く考える必要はありません」

二人の会話をエルロードが遮《さえぎ》った。

「まずは精霊の所へ向かいましょう」

＊　＊　＊　＊

――一行が到着したのは透き通った湖の畔《ほとり》。

湖の底が見えるほど澄み切った水。

水中には七色の水草と魚が泳ぎ、まるで珊瑚礁《さんごしょう》を切り取ったように美しい。

その中央に佇《たたず》む緑髪の女性。

祈るように膝《ひざ》を折り、動かない。

「…………」

無言で精霊の元へ歩き出すエルロード。

水面に波紋を描きながら、精霊の前で立ち止まった。

『どうか……』

かつてイージスと八岐が聞いたあの声が響く。

言葉を無視した結果、大規模侵攻という大惨事につながっている――が、エルロードはお構いなしといった様子で手をかざす。

「おい！」

声を荒らげるハイヴを修太郎が手で制す。

「エルロードは考えなしに動く人じゃないよ」

「…………」

口を開き、そして閉じる。

言いたいことを全て飲み込み、認めているからこそ、ハイヴは修太郎の意見に従った。

「私の解釈が正しければ――」

エルロードの呟きは、彼から滲《にじ》み出《で》る黒色のオーラによってかき消された。

オーラが精霊を包み、精霊の様子に変化が起こる。

『あ、あ、あ……！』

ピシピシというひび割れるような音の直後、弾けるように何かが砕け、精霊の〝仮面〟が剝《は》がれた。

前のめりに倒れる精霊を抱き留めることはせず、冷めた表情で傍観するエルロード。精霊はそのまま湖に顔を沈ませ――飛び起きた。

「ヴォロデリア様はッ!?」

水が滴《したた》る顔をブンブンと振りながら辺りを見渡す精霊に、エルロードは冷静に問いかける。

「貴女《あなた》は風の精霊で間違いないですね」

「？　お前は誰だ！」

「私のことはいいです。重要なのは、我々が貴女を呪縛から解き放ったということ。そして闇の神は未《いま》だ囚《とら》われたままということです」

「！」

風の精霊が声を荒らげる。

「それを信用しろと？　そもそもお前はなぜ光の神の呪縛を解くことができるんだ！」

「我々も、認めたくはありませんが闇の神の眷属《けんぞく》のようなものです」

言いながらエルロードは小さく頷く。

風の精霊はエルロードと他の魔王達にも視線を向けながら、何かを察したように頷いた。

「外部の者に力を授けるなどにわかには信じ難いが……見れば分かる。全て理解した」

「ええ。我々も勝手に押し付けられて迷惑していますよ」

嫌味っぽく言うエルロードを睨《にら》んだのち、風の精霊は深くため息を吐いた。

「……どうあれ私は救われたのだな」

「現状ではまだ貴女一人しか助けていません。土と水に関してはまだ接触していませんが、火に関しては――もう手遅れです」

「……そうか」

風の精霊は暗い表情を見せる。

「ねぇエルロード、どうなったの？」

心配そうな様子で呼びかける修太郎。

ハッとしたエルロードは、風の精霊を連れて皆のところまで戻ってきた。

「申し訳ございません。無事終わりました」

「あ、ううんごめんね取り込み中だったのに」

「とんでもございません。説明を優先しなかった私の落ち度です」

傅《かしず》くエルロードの後ろで首を傾《かし》げる風の精霊。

「(この男が頭じゃないの……？)」

主が力を与えるほどの人物が、誰かの下についていることに驚きを隠せない様子の精霊。

エルロードが説明を始めた。

「異なる世界にいた我々を、あの城に幽閉したのが闇の王ヴォロデリアです。そして、彼は幽閉するだけではなく、魔王達《我々》に自分の力の一部を分け与えました」

エルロードを黒色のオーラが包む。

「我々魔王は神にも干渉できます」

そう言って、再び掌《てのひら》に黒のオーラを纏ってみせた。これが天使を消滅させた力。エルロードとガラスの戦闘の際、互いがその力を使い、大怪我《おおけが》を負った経緯がある。

「精霊にかかっていた呪縛を解いたのも、この力です。闇の神は我々にそれを期待し、力を授けたのだと推測しています」

「そんなの、俺達が精霊をどうにかするなんて無理じゃねえか」

憤《いきどお》った様子のアランが呟く。

「ええ。我々以外にどうすることもできません」

「なんだよそれ……」

「破滅するように仕組まれているのですよ、最初から。それでも、我々が闇の神に接触できさえすれば、まだ希望はある」

しかし、とエルロードは先を指差す。

「闇の神ははるか先にいます。とはいえ天使の動きを見るに、そう悠長にしていられない——そこで私達は先手を打つことにしました」

と、エルロードはバートランドに視線を向けた。

「そっか。ガラスが言ってたのって……」

「はい。そこに繋《つな》がります」

言いづらそうに小さく頷くエルロード。

「正攻法で祈りを越えるには時間がかかりすぎるため、外法《げほう》を使いました。彼には私の力の一部を仕込んでいます——つまり彼が闇の神解放のピースです」

ヘルバス地下牢獄《ろうごく》――ここは世界中の極悪人が収監される地下深くの大牢獄である。耳を塞《ふさ》いでも囚人達の絶叫する声が聞こえ、常に死を意識させられる。この牢獄はまさに地獄そのものだ。

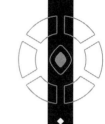

牢獄長を倒し、ヘルバス地下牢獄からの脱出を試みるワタル。連れ立つはデスゲーム後の犯罪行為で収監された極悪プレイヤー達だ。

囚人の数は優に100人を超えている。

「看守室から先に進めるっぽいぞ」

「出よう出よう！　もうこんな気味悪いとこごめんだぜ……」

「じゃあなワタルさん！　感謝してるよ！」

トラブルを起こして送られてきたプレイヤーなだけあって、自己中心的な思考の者が多い。

ボスを倒したワタルの功績には感謝しつつも、我先にと逃げ出していく。

「お、おいどうするよ……？」

「道が開けたんならもう自由だろ」

「でも外って本当に安全なの？」

「知るかよ！　てめぇで確認しろ！」

「ワタルに付いていくのが安全じゃないか？」

牢屋《ろうや》の中でまごまごしているプレイヤー達の視線がワタルに集中した。

遠のいてゆく足音を聞きながら、そもそも追うつもりがないワタルが振り返る。

「ここにいる全員が重罪人とは思いません。不運な事故で、訳もわからずここに来た人もいるでしょう」

実際、デスゲーム開始直後のパニックで人を傷つけ、ここに送られた者も多い。黒犬《くろいぬ》やヨリツラ達のような共闘を志願する者のほうが希少で、ほとんどが檻《おり》から出ようともせず震えてる者ばかりであった。

まさにデスゲーム開始直後、パニックの中ワタルが群衆達に呼び掛けたあの状況に酷似《こくじ》していた。唯一違うのは、ここがセーフティエリアではなく危険なエリアのど真ん中ということ。

ワタルの呼びかけに耳を傾ける者は少なかった。

しかし、ワタルはあえて続ける。

「ここに救いはありません」

はっきりとした口調でさらに続ける。

「生きたままここを出られる唯一の可能性は、大勢で一緒に行動することです。先陣は僕が切ります。僕のレベルなら一帯のモンスターも問題なく倒せます」

彼の言葉を聞きに数人が檻から出てきた。

しかしその顔には不安の色が色濃く見える。

「ですが、これだけはハッキリ宣言します。僕の目的地はあくまで〝先〟。安全なアリストラスには向かいません」

ワタルの言葉に怒号が飛び交う。

「どういう事だよ!」

「安全な所に届けてくれないの?」

「ここより強い敵が出る場所に!?」

「頭イカれてんのかてめぇ!」

ここにいるプレイヤーからしたら、残るも進むも地獄ということになる。しかし、好き放題に言われても、ワタルの目には一切の揺るぎがない。

「そもそも、人を殺《あや》めた経験のある者を、アリストラスに戻すのは危険だと思いませんか?」

「そんなの……」

群衆達の声が一気に尻すぼみになってゆく。

「脱出後にどこへ行こうと自由ですが、自分のした行いの罪深さを今一度考えてください」

そう言いながらワタルは久遠《くおん》に視線を向け、そして踵《きびす》を返した。

「僕は皆さんを助けるために堕《お》ちてきたわけじゃありませんから。僕は僕の目的のためにここにいます」

吐き捨てるようにそれだけ言うと、牢獄側に背を向けながらワタルは出発の準備を進める。

「僕について来てください——ってなんで言わねぇの？　中途半端に煽《あお》るだけ煽ってさ。ついて来た人は助けますってのと同じだろ」

短剣を弄《もてあそ》びながら黒犬がそう尋《たず》ねると、チッチと指を振りながらヨリツラが口を開いた。

「そんな希望を持たせる言い方するわけないやろ」

「出られたら助かるじゃん。なんでダメなん？」

「そもそも、なんで出られたら助かるんや？　外にも当然エグいレベルのモンスターがうじゃうじゃいるのに」

「あ……」

そこで気付いた黒犬は黙り込む。

推奨レベル80近いこの場所から出られたとして、安全かと言われれば否《いな》である。隣り合わせにセーフティエリアがあるなら話は別だが、当然eternity《エタニティ》の全体図は誰も知らない。

壁に寄りかかりながら鼻をほじるヨリツラ。

「僕についてくるのは自由だけど助かる保証はないよってことやろ？　まぁボクから言わせて

みれば、そう示唆《しさ》してくれるだけまだ優しいわ」

「………」

ワタルは何も言わなかったがその通りで、彼の心情的に、助かる保証がないのに〃助ける〃などと無責任なことは言えなかった。

「まぁここに残っても100%死ぬからな。ワタルくんに付いてく一択やと思うで」

そんな事を話しているうちに、牢屋から出た大勢のプレイヤーが集まってきていた。収監されていた約70%ほどがワタルと行くことに賭《か》けたようだった。

「おーおー弾除《たまよ》けがこんなにも」

「そんな言い方……失礼じゃないですか？」

「てめぇも俺の弾除けのひとつだぞ？」

解放者《かいほうしゃ》の仲間だった少年――Ａｒｍａ《アルマ》とキジマが取っ組み合いを始めると、黒犬とヨリツラは囃《はや》し立《た》てるように手を叩《たた》く。全く統率の取れないメンツを興味深そうに眺めながら、久遠はワタルに声を掛ける。

「俺を殺すためにキミは誰に魂を売ったの？」

「……いずれ分かるさ」

「へぇ。それは楽しみだ」

かくして犯罪者だけで構成された戦闘集団がここに誕生した。そして同時に、ヘルバス地下牢獄からの脱出が決行されようとしていた。

「あぎゃ――――――！！！」

看守室の奥から悲鳴が轟《とどろ》く。

先ほどまでの喧騒《けんそう》が止《や》み、辺りはシンと静まり返った。

「僕から言えることは――」

美しい剣を抜きながら歩み出すワタル。

「ここのエリア名はヘルバス〝地下〟牢獄。それなりの覚悟を持って地上を目指しましょう」

＊　＊　＊　＊

ホロ煉獄《れんごく》――。

囚人達は口を揃《そろ》えて言った。あそこは蠱毒《こどく》であると。ここは地獄の焼却炉。灼熱《しゃくねつ》のマグマがうねる火山の火口であり、囚人達の処刑場であり、魔法国家マリョスのゴミ捨て場であった。

戦争の絶《た》えなかったはるか昔、賢者達は禁術で生み出した魔法生物《失敗作》をここへ捨てていた。賢者達は知らない。ゴミ達が混ざり、互いを貪《むさぼ》り合《あ》い、進化していることを――

看守室の扉を開けると、そこには地獄の釜があった。

「んだよここ……」

「暑すぎて目が開かない……！」

煮えたぎるマグマと灼熱の風。

視界は赤に染まり、流れる汗は蒸発した。

幸いにも先へと繫《つな》がる道はあり、歩いて進むことはできそうだ。

「お、俺は降りる！　無理だ！」

「私も、どうせ死ぬならあっちでいい……」

人間が耐えられる環境じゃないと察した数名が引き返すと、それにつられた大勢が牢獄の方へと走り出した。

ワタルはしっかりと前を見据《みす》え、躊躇《ちゅうちょ》せずに歩き出す。

「どひゃーこらまたエグい……」

一歩踏み出すヨリツラの眼下に、はるか底でうねるマグマ溜《だ》まりが見えた。ここから落ちればまず助からない、誰が見ても明らかである。

「こら天然のサウナやなぁ」

「整っちゃうかも」

「サウナどころじゃねーよマグマだぞ！」

ヨリツラとキジマがお気楽そうに笑い、黒犬が叫ぶようにツッコむ。一行は脆《もろ》そうな足場に怯《おび》えながらもホロ煉獄へのエリア進入を果たした。

「で、ここからの道は手探り？」

胸元をパタパタさせながら尋ねる久遠に、ワタルは小さく頷《うなず》いた。

一行が進む道の先、およそ10メートルくらいの距離に人影が見えた——それは先ほど出て行ったプレイヤーであった。

「？　あいつ一人で何してんだ……？」

「！　《フォース・エッジ》」

黒犬の横で剣を振り抜くワタル。

生み出された光の斬撃が飛んでゆく。

ズバンッ！　という音と共に攻撃は着弾。斬撃はそのプレイヤー——ではなく、それに取《と》り憑《つ》く奇妙な生物を吹き飛ばした。

炎の幻影　Lv.83
「ひ、いひひひひ……」

駆け寄ろうとしたワタルより先、プレイヤーは笑いながら、倒れるようにマグマ溜まりに落ちて行った。数秒の後、ボチャンと、マグマから赤色の飛沫《しぶき》があがった。

「あいつ……暑さでおかしくなったのか？」

「いや、明らかに様子が違いましたね」

そうこう言っている間にもモンスターは集まってくる。ワタルが再び剣を構えると、他のプレイヤー達も一斉に武器を構えた。

炎の幻影　Lv.83

灼熱の亡者　Lv.85

遊泳アグニョス　Lv.85

ガス状生物、ドロドロに溶けた人型、マグマを泳ぐムカデのような怪物。

現れるのは不気味なモンスターばかり。

「《聖域《サンクチユアリ》》《ホーリーカーテン》」

ワタルが全体を守る防御結界を唱えたのを合図に、モンスター達が襲いかかってきた。しかし、ワタル以外は当然適正レベル以下であり、中には初期レベルの者までいる。

「ぐあああ！！！」

「たす――！」

反撃する間もなく次々にプレイヤーがやられていく。

プレイヤーの数が50人近くいるということに加え、膨大なモンスターが一気に押し寄せてきたこともあり、ワタルの援護が行き届かない。

「《サンダーフォース》」

それでもワタルは必死に剣を振るう。

バリバリと音を立てて駆け抜ける電撃。

ワタルの放った攻撃が多くのモンスターを屠《ほふ》り、返す刀で同じだけのモンスターを倒していく。表情を曇らせながらも攻撃の手は緩めない。全てを背負い、全てを守ろうとしていたかつてのワタルの戦い方とは一線を画していた。

「っと、おこぼれいただきや」

「やべぇぇぇ死ぬううう!!」

「なんかめっちゃレベル上がったんだが!」

プレイヤーの中でもうまく立ち回る者はいて、特にヨリツラ、黒犬、キジマのバトルセンスは光っていた。ワタルが弱らせたモンスターにとどめを刺すことで、苦労せずレベルを上げている。

「(いったい何匹現れるんだ……!)」

実に三十分もの時間、戦闘が続いた。

この時点でプレイヤーの数は半数近く減っていた。

「う、うぅ……」

「もう二度とあんなことはしません。ここから出して、ここから出して……」

心が折れた者もいれば、命からがら牢獄に戻った者もいる。しかし奇妙なのは、先ほどのプレイヤー同様に〝自死〟を選んだプレイヤーの数だ。ワタルが見ていた限り、およそ八人のプレイヤーが身を投げている。

「ワタルくん、これはマズイで」

何かに勘付いたヨリッツラが呟《つぶや》く。

余裕な表情ながらも、その額《ひたい》には汗が滲《にじ》んでいた。

「マズイ、とは？」

「幻覚見とるやつが多い」

「！」

そんなはずはないとワタルは心の中で否定する。なぜなら戦闘前に使った光属性防御魔法の《ホーリーカーテン》には状態異常《バッド・ステータス》への防御効果があるからだ。

しかしヨリッツラは知った上でそれを否定した。

「モンスターの技かと思ったけど、どうもちゃうな。これはエリアの特性や。エリア特性に《ホーリーカーテン》は通用せんやろ」

エリア特性。

分かりやすい所でいえば、毒の沼や氷のエリアなどがあげられる。ひとたび踏み込めば毒状態になったり、時間経過で氷漬けになったりと、言うなれば解除できない罠《わな》のようなもの。

《ホーリーカーテン》は敵の技に対する防御手段であり、エリア特性に効果はない。

「幻覚状態ってのはボクが考える中でいっちゃんエグいで。なにせ〝解除〟はできても〝予防〟ができへんからな」

特に先ほどの混戦のような状態だと、幻覚を見た者が身投げする前に解除魔法を飛ばすのは至難の業《わざ》だ。ワタルが解除に回れば、モンスターによる被害が増える。

「この中に回復役《ヒーラー》はいますか？」

すぐさまワタルは有志を募った。

ワタルの声におずおずと手を挙げたのは僅《わず》か二人。ヨリツラは小声で「すっくな」と悪態をつくが、背景を考えると仕方ないとも思った。

「（ヒーラーがどうやって人を殺したんやって話やしな……）」

ワタルはそのヒーラーの二人に尋ねる。

「幻覚の解除魔法は覚えてますか？」

それに二人ともが頷くと、ワタルは少しだけ安心したように頷いた。

「では二人には幻覚の解除を担ってもらいます。優先すべきは自分達の命ということも覚えておいてください」

そんなやり取りを眺めながら、黒犬が小首を傾《かし》げる。

「ヨリツラは何でそんなの分かんの？」

「そらキミぃ、固有スキルよ」

あとで教えたるわと付け加えながら、ヨリツラはクイッとサングラスを上げた。

「早いところ出ないと全滅するで」

「……そうですね」

一連のやり取りの後、一行は再び歩き出した。

＊　＊　＊　＊

「来たぞゲル攻撃だ！」

「うおおおお臭《くせ》えええ!!」

一行は戦闘で足止めされながらも、なんとか先へと進めていた。ワタルという唯一のアドバンテージを武器に、各々《おのおの》が生き残るため知恵を出して協力したのも大きかった。

巨大なスライムを蹴りで粉砕する久遠。

彼のレベルもこの連戦で72にまで上昇している。

「んー次はこっちかなぁ」

ナビゲーター役はヨリツラが担当した。

もちろんこの人選にはちゃんとした理由がある。

「本当に信用できんのかぁ？」

「人殺しに言われたないわ」

「お前も同類だろうが！」

怪しむキジマにカラカラ笑いながらあしらうヨリツラ。彼は適当にナビゲートしてるわけではなく、固有スキルに基づいて〝確率の高い選択〟をして道を決めていた。

固有スキル《運命に身を宿す者》：全ての事象に対し正解を導くことができる。その答えが正しいかどうかはプレイヤーのレベルを確率（％）として扱う。

たとえば分かれ道があったとして、ヨリツラが右を選択した場合、ヨリツラの現在レベルは67であるため、67％の確率でそれが〝正しいルートなのかどうか〟を教えてくれる。

身を投げたプレイヤー達が幻覚状態にあったことも、このエリアが幻覚のエリア特性があることも、全てこの固有スキルで割り出したものであった。

「ゆーて100％じゃねーなら信用するの普通に危なくね？」

「はぁ？　闇雲に進むよかマシやろ」

「まずコイツ自身を信用していいのかどうかって問題もあるしなぁ」

好き放題言う黒犬とキジマだが、久遠はそうは思わなかった。

「ヨリツラは信用できるよ」

「お！　久遠ちゃん言ってやって言ってやって」

「だって、まともな神経してたら固有スキルとか普通バラさないでしょ」

「そうそう！　ボクまともじゃないし」

久遠の援護に気をよくするヨリツラ。

「それに、ここで嘘《うそ》ついてもヨリツラ含めて皆死ぬだけだしね。彼がそこまでサイコとは思えないなぁ」

「……まぁ確かに」

そう、騙《だま》すメリットがないのである。

生き残るためには協力せざるを得ない。ワタルはこれを計算に入れた上で、四人達も連れていくという選択に出ている。自分を頼るしか生き残る術《すべ》がないなら、時が来るまで大人しく追従するのが普通だろうと。

「でも40%くらいの確率でハズレかもしれないんだろ？　信憑性《しんぴょうせい》高いとは言えねぇよ」

そう言って声を荒げた黒犬が、顔を強打し転倒した。

前を行っていたアルマが急に立ち止まったためだ。

「おいなに止まってんだガキィ！」

「これでヨリツラさんは信用できるね」

アルマの指さす先には明らかに他とは違う空間が広がっていた。攻略勢なら見覚えがあるだろう、それはボス部屋であった。

「やろぉ？　実はこのスキルな、攻撃にも転用――」

「倒して外に出ます」

ヨリツラを押《お》し退《の》けるように前に出たワタルが剣を抜くと、ボス部屋の中央に何かが現れた。

それは奇妙な形の怪物だった。

人の頭、人の体を持ってはいるが、肩の部分に牛と羊の頭が生えている。いずれも目の中から人間の腕が生えており、指先は翼の形をしていた。

下半身は獅子《しし》で半透明のゲル状である。

ワタル達を見つけるなりその三つの頭全てがニィと笑い、周囲に炎を召喚した。

《boss mob：炎の裁定者　Lv.90》

「ようやくボス戦か、なかなか強そうだね」

「なんじゃあのディテール。きしょいのう」

久遠とヨリツラも武器を構える。

「僕が設置した印の上で三十秒大人しくさせてくれれば無傷で倒せるけど」

「お前あれ三十秒もじっとしてられそうな見た目してないだろ。下半身ライオンだぞ」

アルマに対し苛立《いらだ》ちを見せる黒犬。

かくして、連携なども取れない寄せ集めチームによるボス戦が幕を開けた。

「《炎の焼印》」

まず動き出したのはボスだった。

三つ首の怪物の形をしたエンブレムが、まるでレーザー光線のように迫る。

勘のいい者は避けることができた——しかし気付くのが遅れたプレイヤー達は額に赤色の焼印を押され、痛みに悶《もだ》え苦しみだす。

——さらに異変は起こった。

焼印を押された者の周りに何かが現れている。

「幻覚の正体はこいつらの怨念か……」

小さく呟くキジマの目の前、半透明の人型が群がるように現れている。その者達は、焼印を押された者達の足や手を引っ張り、地獄の底へ落とそうとしている。

ヒーラー二人が叫んだ。

「か、解除できません！」

「いや、これは幻覚じゃない！」

そう言ってボスとの距離を一気に詰めたワタルは、光を帯びた剣を振り抜いた！

届いた刃《やいば》が体を穿《うが》ち、ボスは獣《けもの》のような呻《うめ》き声《ごえ》を上げた。

バリン！　という音と共にプレイヤー達の焼印が消え、亡者達が消えてゆく。

ワタルは瞬時に技の特徴を理解した。

「(焼印による強制的な行動制限か。問題は厄介な特性があと何個あるか——)」

牛の頭が動くと同時に、再び焼印が放たれる。紙一重《かみひとえ》で避けたワタルはもう一太刀《ひとたち》浴びせにいくも、ボスの体を剣が通過、その斬撃は空を切った。

羊の頭が揺れている。

ワタルは徐々に法則が摑《つか》めてきていた。

「(牛の頭が動けば焼印攻撃。羊の頭が動くと物理攻撃を無効化、か。魔法が効かないかは確認する必要があるけど——)」

するると突然、青色の魔法陣が生成され、楔形《くさびがた》の氷の矢が乱れ飛んだ。直撃したボスが悲痛な叫びを上げ、LP《生命力》が2%ほど削《けず》れる。

「OK。魔法は効くみたいだね」

そう言いながら、ワタルの隣に久遠が歩み出た。

「魔法主体で戦うのが無難かな?」

「……そうしよう」

両手の上に小さな魔法陣を描く久遠、ワタルもまた光る剣先をボスに向け何かを唱える。

「《大いなる水流》」

「《ホーリー・テンペスト》」

大量の水と光の渦がボスに迫る——。

人の頭がニタァと笑ったように見えた。

突如——飛沫と共にマグマの柱が天へと伸び、まるで蛇のようにうねりを上げながら戦場に向かってくる。

「真ん中の首は溶岩操作かいな!?」

悪態を吐《つ》きながらそれらを回避するヨリツラ。黒犬、キジマも危なげなく回避している。

「うああ！！！！」

「ひいいいいい!!」

迫り来るマグマを見上げながら動けないプレイヤーが数名。彼等《かれら》の額には焼印が押されており、亡者が足元に纏《まと》わり付《つ》いていた。

「ッ！」

間に割って入るようにワタルが盾を構える。

しかし、魔法を使った反動で防御魔法の展開が遅れ――マグマの奔流が全てを飲み込んだ。

「頑張って！」

間一髪、ワタルを起点に半円形のバリアが生成され、四人達はワタルにしがみつき必死に耐えている。

「！」

ワタルの後ろで誰かの気配が消えた。

攻撃はおよそ十秒間続き、次第にマグマの動きは弱くなっていく。

「(なんだ、この妙な違和感は……)」

ワタルは構えを解き、後ろを振り返る。

「ごめん、なさい……！」

青い顔で叫ぶヒーラーの一人。

ワタルの後ろには、当初の半数しか人が残っていなかった。

「解除が間に合わなくて、それで……」

「幻覚と焼印のダブルパンチ……エグいな」

自分を責めるヒーラー。

黒犬の額から汗が流れる。

エリア特性としての幻覚と、マグマによる変幻自在の遠隔攻撃、焼印による行動阻害、そして物理攻撃の無効化——かつてないほどに厄介なボスである。

「なんか突破する方法ないのかよ⁉」

「幻覚見て落下死とか嫌‼」

喚《わめ》きたてる四人達にヨリツラが歩み寄る。

「おーおー何をビビってんねん情けない。騒ぐ暇あったら手ぇ動かせ手ぇ」

「んだとテメェ！　なんで俺が戦わねぇといけないんだ。この状況で何しろってんだよ！」

「んーじゃあキミが何をすべきか、ボクが決めてもいい？」

そう言ってヨリツラは詰め寄る男の足に短剣を突き立てた。

「え……は？」

男は何が起こったのが理解できず、痛みと驚きで腰を抜かした。

「囮役《おとりやく》が適任やと思うで」

「て……め……」

「ボクな、ボスの攻撃パターンとか観察してブログに書きたいねん。戦う気ないなら命もったいないし、今後のために利用させてくれん？」

体が痺《しび》れたように動かず、自分に迫ってくるボスを前にパニック状態の男。

獲物を見つけ三つの頭がニヤニヤと笑みを浮かべている。

「あ、あ……！」

頭を掴まれ宙吊《ちゅうづ》りになる男——。ボスの背後に、ヨリツラの姿があった。

「《乱撃 烈《れつ》》」

ズババババ！と、凄《すさ》まじい斬撃音が轟き、ボスは男を離して悶《もだ》え〝毒〟〝出血〟の状態異常が表示された。

「ほーん、状態異常は効果があるみたいやね」

二本の短剣を弄びながらカラカラと笑うヨリツラ。〝痺《しび》れ〟状態から脱した男はボスから距離を取りヨリツラに抗議する。

「てめぇ……どういうつもりだよ」

「んー？」

すっかり怯え切った男に、ヨリツラは笑みを崩さずこう答えた。

「迫真の演技ありがとうな」

「騙しやがったのか!!」

「いや、囮の件は大真面目《おおまじめ》やで。仮に死んでもたぶんいつか蘇《よみがえ》れるやろ？」

「頭おかしいのかよ……」

「お兄さんプラスに考えよ？　九死に一生なんて普通経験できへんで！」

ワッハッハと笑うヨリツラを見て、男は完全に戦意を失ったように顔を青くして後ろに下がっていった。

「つーか次生き返れるかまだ分からなくね？」

「おー、そやったな。じゃあ死なずにすんでよかった」

「コイツが一番ヤバいんじゃねぇか……？」

かつて大量殺人を画策した黒犬《ふ》と《た》キジマ《り》もヨリツラの行動に引いている様子。周りを見ると前線にいるのはその三人とワタル、久遠、アルマのみで、残りはボスからかなり離れた場所で固まっているのが見える。

毒と出血が解除されボスが雄叫《おたけ》びを上げた。

「で、今更だけどお前ら何ができんの？」

六人は自然とその場に集まっていた。

場を仕切るように黒犬がそう尋ねる。

「僕はタンクなのでボスを引きつけられます」

ワタルがそう答えると黒犬は驚いた顔を向けた。

「え？　ならなんでやらないの？」

「〝焼印〟と〝溶岩〟はランダムターゲットのため、ボスに張り付いていたら守りに行けません。それに魔法が有効なので距離を取ったほうが戦いやすいです」

「お、おう、合理的判断……」

「そういう黒犬さんはどうなの？」

アルマの質問に黒犬は自信満々に答える。

「俺は職業スキルでモノを擬態化させられる。あと盗賊っぽいことならなんでもできる！」

「はいはいーボクも同じ！」

ヨリツラも手を挙げてアピールしている。

「俺は闇属性魔法が使える」

「僕も攻撃魔法なら多少は、あと固有スキルもあるけど使えそうにないね……」

キジマとアルマがそれぞれ答えた。

「俺は殺した人のスキルを奪ったりできる。今は何もないフラットな状態――と言いたいけど、何個か貰《もら》ってきた」

「！」

ワタルの鋭い視線を受けながらも、久遠は苦笑しながら説明を加えた。

「落下した人達からね。申し訳ないとは思ったけど」

久遠は落下して助からないプレイヤーに攻撃を当てることで、幾つかのスキルを得ていた。

ワタルからスキルについての説明を受けた皆は久遠への警戒心を高める。

「お前それ信用しろっちゅうんか？」

「それはどうぞご自由に」

肩をすくめながら答える久遠。

「おいおいおい焼印きたぞ!!」

六人がいた場所を焼印が通過する。

状態異常も消え万全となったボスが六人めがけて駆けてきていた。

「さっき確認したけど、物理攻撃中は物理無効状態になれへんみたいやで」

男を囮に得た情報を共有するヨリツラ。

ボスは右腕を槍のように変形させると、最も近くにいた黒犬目掛けて振り下ろした！

「ちょなんで俺……！」

黒犬の腹部が貫かれ、荒いポリゴンが血潮のように飛び散ってた――かに思えた。

貫かれた体が岩へと変わる。

黒犬の擬態スキルが解けたのだ。

「《乱刀 乱れ吹雪《ふぶき》》」

「《パラライズ・スラッシュ》」

「《闇魔法・薔薇《ばら》毒》」

三方向から叩き込まれた攻撃で、ボスのＬＰが僅かに削れる。ボスは〝混乱〟〝麻痺《まひ》〟〝毒〟の状態異常となりその場に硬直した。

「さっそく適応するとかお前らプロか？」

「お前どんだけ付き合い長いと思ってんだよ」

「お前どんだけ付き合い長いと思ってんねん……」

「いやお前はほぼ他人だろーが！」

騒いではいるが、黒犬が岩を自分に擬態化させて奇襲をかけると見て、キジマとヨリツラがそれに合わせて動く――という息の合った高い戦闘センスを見せつけている。

続いて、久遠の手の動きに合わせて巨大な青色の腕が伸び、ボスを鷲摑《わしづか》みにした。

青の手からは冷気が漏れ出ている。

「《氷国の檻《アイスバンダー》》」

ミキメキピシと音を立てながら青の手がボスを氷結させてゆく。霞《かすみ》のように手が消えると、そこには氷漬けになったボスの姿があった。

ジャリと足を踏み締める音が響く。

剣を鞘《さや》に収めた形でワタルが構えをとっていた。

ビシビシと氷が割れ、ボスが解放されるその刹那《せつな》――ワタルの剣技が炸裂《さくれつ》した！

「《光神抜刀術・絶牙》」

十文字の斬撃がボスの体を穿つ。

状態異常が影響し羊の頭は動けない。

ＬＰバーが一気に三割吹き飛ぶ！

「おー！　いいの入ったなー」

「溶岩攻撃くるぞ！」

撤退《てったい》を始める黒犬とキジマ。

しかし一人、ボスの前でしゃがみ込んでいる男がいた。

「おい、やられるで！」

ヨリツラの叫びも意に介さず、大量のマグマが迫ってきてもおかまいなしに、その男――アルマは小さく笑った。

「あれだけ人を殺した僕に生きる資格なんてない……だからせめて」

マグマの塊がアルマの上に落ちたとほぼ同時に、ボスの体が溶けるように消えていった。

固有スキル《死の紋様》：床に描いた紋様の上で30秒間動かなかった者のLPを0にする。

けたたましいレベルアップの音と、大量のアイテム群の詳細が皆の画面に表示されると、ボスを倒した実感が遅れてやってきた。

「アイツ……死にやがった……」

呆気《あっけ》に取られる黒犬。

キジマも目を見開いてポカンとしている。

「有終の美ってやつかな」

消えていく粒子の行方《ゆくえ》を目で追いながら久遠がポツリと呟く。

「…………」

ワタルはなにも言葉が浮かばなかった。

もはや助かる距離ではなかったが、胸の奥がチクチクと痛んだ。

『彼らには情を持たず目的を達します』

エルロードとの誓いが脳裏をよぎり、頭を振った。

目の前で死んだのは大量殺人の実行犯。

本人の死ぐらいで清算できるような罪ではない。

「(これで良かった……)」

アルマの死にはなにも触れず、ワタルはフィールドの隅に見える巨大な門へと剣先を向けた。

「ボスは死にました。ここから出ましょう」

後ろで小さくなっていた群衆達は一斉に雄叫びをあげ、我先にと門の方へ群がったのだった。

Chapter06: 第6話

The unimplemented end-stage enemys have joined us!

地獄の釜を開けた先は外だった。

周りには光を放つキノコや奇妙な形の木々が生え、鹿やリスが興味深そうに彼等《かれら》を見つめていた。

「たす、かった……?」

押し開けた扉は赤黒く風化しており、絡まる蔦《つた》から、ここがどれだけの時間閉ざされたままだったのかが窺《うかが》い知《し》れる。

「やった――――! 出られたぞ!!」

壮絶な戦いを乗り越えたプレイヤー達。

久々の外の空気に触れ、安堵《あんど》から思わず涙が流れる。

「お、おい見ろ! あれ町じゃねえか!?」

一人が前方の建造物に気付き声を上げた。

天を衝《つ》くほどの巨大樹《きょだいじゅ》と、その周りをぐるりと囲う形で栄える都市。ひと目で分かるそれはプレイヤー達の安息の地、セーフティエリアであった。

魔法国家マリョス——災厄をもたらす竜がいた時代、国の違う四人の偉大な魔法使いが竜討伐のため知恵を出し合いながら大樹の周りに建国された。住民全てが魔法の研究者であり、魔法主義者の国である。

「助かった！　本当にこれで……！」

歓喜のあまり走り出すプレイヤー達——。

それに待ったをかけたのはワタルだ。

「町には入れません」

抜いた剣はそのままに、視線はもう拠点の方に向けられてはいなかった。

「ど、どうして？」

「忘れてませんか？　我々は四人です」

「あっ……」

犯罪者プレイヤーはセーフティエリアに入ることはできない（正確にはNPC《現地民》に敵対される）。そして、カルマ値が振り切れた者は牢獄へと送られる。牢獄の中で、罪の重さに比例した現実時間を過ごすことで罪は清算される。

「ってことはつまり……俺達ってずっと危険な場所に居続けなきゃいけないのか？」

一人の男がワナワナと体を震わせ呟《つぶや》いた。

不安がる囚人達。

泣き出す者もいる始末だ。

「分かっててここまで黙ってやがったな……！」

まんまと乗せられたと言わんばかりに吠《ほ》える男。怒りの矛先《ほこさき》はワタルに向かっていた。

「なんか被害者ぶっとる奴《やつ》おるけど、ボクらみーんな加害者やで？　自業自得やん」

お気楽そうにカラカラと笑うヨリツラ。

怒りに震えた男がヨリツラの胸ぐらを摑《つか》む。

「ヘラヘラしてんじゃねぇよ！　どーすんだよこれよぉ！」

「怒ってもしゃーないやん事実やし」

「何のために危険な道に同行したと思ってんだ！　これじゃあ骨折り損じゃねーか！」

「付いてきても助かるか分からんってワタルくん言うとったやん～」

「うるせぇよ!!」

勢いに任せ拳《こぶし》を振りかぶる男。

手を摑んだのは久遠《くおん》だった。

「渉《ワタル》。俺達ってどういう扱いなの？」

「てめっ、離せよオラッ!!」

にこやかな顔でそう続けながら、男の腕はがっちり摑んで離さない久遠。男がどんなに力を込めてもびくともしていない。

「どういう、とは？」

「外に出たのに鎖《くさり》に巻かれないじゃん？　ってことは罪も清算されたのかなーって。もしかして町にも入れたり？」

「戻されない理由は分からない……けど、牢《ろう》に入ったくらいで人の罪が消えるとは思えない。町に入れるかどうかは近づけば分かるよ」

「そっか」

諦めたように呟きながらパッと手を離すと、男は悪態を吐《つ》きながら群衆の中に消えていく。

視線をワタルからヨリツラへと移す久遠。

「そういうことらしいよ。わざわざ殺《そ》したらどうな《ん》るかな《な》んて試《こ》さなくて《と》もいいんじゃない？」

「ま、そやね」

ヨリツラは笑みを浮かべながら短剣をホルスターに戻した。

「おーいお前ら！」

遠くからの声に視線を移すと、そこには黒犬《くろいぬ》とキジマの姿があった――後ろに大勢のＮＰＣを引き連れて。

「拠点に入るのは無理っぽいわー！」

「こいつらのレベルえぐい！　マジ死ぬ死ぬ！」

乱れ飛ぶ魔法を奇跡的に回避しながら走る二人。ＮＰＣ達はやがて諦めたように踵《きびす》を返すとマリョスに戻っていった。

「行動派すぎるでしょ」

「ギャハハハ！　ボクあいつら好きやわー！」

ドン引きした様子で呟く久遠。

ヨリツラは涙を流して笑っている。

自分達の置かれた状況を改めて認識したワタルは、しばらくの沈黙ののち、群衆に向け説明を始めた。

「状況は見ての通りです。拠点に立ち寄る意味はないので、このまま次のエリアに向かいます」

「はぁ!?　今から!?」

「もうこれ以上付いて行けないんだけど……」

地獄は終わったと信じ切っていた四人達から悲痛な声が上がる。

「なーなーリーダー。そもそも先に向かって俺達は何をすりゃいいんだ？」

黒犬が素朴な疑問を投げかけると、ワタルは「確かに先に言っておく必要がありますね……」と呟きながら続けた。

「ある人物の捜索が目的です」

「ある人物って？　てか、監獄より先のエリアにプレイヤーなんかいねぇはずだろ？」

黒犬の言葉にワタルはひと呼吸置き、

「プレイヤーではありません。神です」

そう答えた。

ワタルの言葉に全員が口を閉ざす。

「神ってなに……？」

「ゲームのクリアに関係する存在、とだけ聞かされてます」

「ゲームのクリア⁉」

一気にざわつく群衆達。

ヨリツラは興味深そうに聞いている。

「俺はもうお前等の言うことなんざ聞かねぇ」

群衆の中から、先ほどの男が顔を出す。

「ここまで連れて来てもらったことは感謝してるけどよ、ここから更にキツイ場所を目指すんだろ？　ならもう付いていく必要ねぇだろ」

「確かにそうだよな……」

「でもゲームクリアって言ってるぞ？」

「命懸《いのちが》けでここまで来たんだもんね……！」

彼の言葉を肯定する者は多かった。

なにせワタルの目的は突拍子もなさすぎた。

「ありがてぇことに地獄でレベルも結構上がってる。周辺のエリアは大変そうだけどよ、後ろを目指せば出てくるのは雑魚《ざこ》ばっかだろ？」

「で、でもセーフティエリアに入れないんでしょ？」

「入れなくてもレベル1のモンスターばっかなアリストラス周辺で野宿したほうが安全だろ！　進むなんてとんでもねぇ！　ここに留《とど》まるメリットが感じられねぇよ」

男の意見を聞いて残ったプレイヤーの約八割近くがアリストラスを目指すことに賛同した。

「これ以上僕から言えることはありません」

そう言ってワタルはマリョスの方向に体を向ける。男は「けっ」と不服そうに呟きながら、反対方向へと歩き出した。

どちらにするか迷っている数名を残し、群衆達は男の後についていった。他に残っているのは久遠、ヨリツラ、黒犬、キジマだ。

「私……あの……」

「いいよ。私が行ってくるから」

「ごめんなさい……」

一人、また一人と去っていく中で、唯一残ったのはヒーラー役のプレイヤーだった。

長い黒髪を靡《なび》かせる気の強そうな女性。

ボス戦でも自分の役割を全《まっと》うし、死者の数を最小限に留めている。腕の立つヒーラーであることは間違いない。

「お〜。お姉さん根性あるね」

「根性なんてない。ただ罪の意識を和《やわ》らげたいだけ」

女は冷めた雰囲気《ふんいき》でそう語った。

「ここにいるってことは相当な十字架を背負ってんだよな？　ん？　何したの？」

ゴロツキのように絡んでくるキジマに、女は怒りの籠《こも》った声で答える。

「サンドラスでの大規模侵攻の時、モンスターから逃げてる最中に恋人に攻撃されて囮《おとり》にさせられたの」

「おー、それは男の風上にもおけない」

「だから勢い余って殺しちゃった」

「えぇ……こわ……」

予想の上をいくエピソードに引いてしまう黒犬。ヨリツラは愉快そうにケタケタ笑っている。

「どうせ彼も蘇《よみがえ》ってるんでしょう。だからアリストラスには戻らない。もう二度と顔も見たくないし、先に進むこっちの方が都合いい」

などと顔に影を落としながら低い声で笑う。

「やっぱお姉さん肝据《きもす》わってるよ」

「だいぶ心強いんじゃない？」

本来六人でパーティは構成されるが、タンク、ヒーラー、近接職、遠距離職が揃《そろ》っているのは急造にしてはかなりバランスがいいと言える。

「葵《あおい》っていいます。よろしくお願いします」

そう言って葵は小さく頭を下げた。

＊　＊　＊　＊

ＮＰＣを刺激しないよう外周を歩きながら、久遠はマリョスの町並みを横目で見た。

「魔法が貰《もら》えるクエストとかありそうなのに勿体《もったい》ないなぁ」

「それは思った。装備とかも買い揃えたいし」

葵もその意見に賛同すると、久遠は視線をワタルに移した。

「ちょっと入れるか一度試してもいい？」

「おめー俺らが追いかけ回されるの見てなかったのか？」

眉間《みけん》に皺《しわ》を寄せキジマが言う。

「それは見てたけど万が一があるし？」

「…………」

背景を知るワタルは小さく頷《うなず》く。

久遠はＰ　Ｋ《プレイヤーキラー》行為を繰り返していた身でありながら、システム上は正常なプレイヤーとされ拠点の中も自在に行き来できた唯一の例外だ。

久遠はそう言い残すと門の方へと歩き出し――。

「あははは。なんかダメだったっぽい」

「笑ってんじゃねーよこのボケナス！」

全員がＮＰＣ達に追われる結果となった。

「なんでダメだったのかな」

走りながら首を捻《ひね》る久遠に、ワタルはぶっきらぼうに言った。

「久遠が変わったってことなんじゃない？」

かつて現実の世界こそ虚像であり、ゲームの世界こそいるべき場所だと自分を信じ込ませていた久遠。クリアを目指す＝世界を終わらせる＝悪という考えのもと殺人を繰り返していた。

しかし、知らぬ間に、ワタルから聞いた話がキッカケで彼の中の価値観は大きく変わっていたようだ。

「そもそもなんであんちゃんは協力的なん？」

「それは俺に限った話じゃないでしょ？」

「おっしゃ！　じゃあ暇だしワタルくんを手伝う理由でも発表していきますか！」

「なんか始まったよ……」

げんなりした様子で呟きながら走るキジマ。

愉快そうに笑いながらヨリツラは続ける。

「ボクは新しい知識を得るのが好きなんや！　だから〝神を探す〟って目的にもそそられた！　そのためなら人も殺せるで！」

「はい次ー」

指名された葵は目をぱちくりさせた。

「私はもう説明した」

「んじゃ次俺ね。暇つぶし〜！」

「俺も結局は刺激が欲しかっただけだし」

黒犬とキジマがヘラヘラしながら発表し、皆の視線は久遠に集中した。

「……俺は、渉が何を成すのか見てみたいからかな」

「抽象的すぎんか？」

「まあでも、そんな感じだから」

そう言って久遠ははぐらかすように走る速度を上げた。ワタルは誰にも言及せず、静かにそれを聞いていた。

＊　＊　＊　＊

ミダン結晶塔――。

七色に輝く結晶石によって覆われた、かつて塔だった建造物。神に近付くためマリョスの賢者達が建造し、そして天使達によって封印された。建造に携わった魔法使い達の遺体が彷徨《さまよ》っており、門は固く閉ざされている。

結晶塔の真下までやって来た一行は、天に伸びる七色の塔を見上げた。

「これ売ったら高値が付きそうだなー」

「売ろうにも町に入れねぇけどな俺達」

黒犬とキジマはなぜか楽しそうにしている。

シオラ大塔同様に天使の攻撃を受けた建造物。塔を覆う七色の結晶石からは不思議な力が感じられた。

「で、どうやって入るの？」

仁王立ちする葵が呟く。

「そら正面からやろ」

「だって、前提クエストやってないでしょ？　てか、私達前提クエスト受けられないから進めないんじゃ……」

葵の言う通り、前提クエストを受注しエリアの進入許可が降りなければ進めないというのがエリア攻略の常であるが――それは無理な話である。

なぜならクエストを受けるためには町に入らなければならず、しかしワタル達は町に入ることができない。

詰んでいるようなものである。

「チッチッ。それ防止のルールも当然あるで」

得意げな笑みを浮かべるヨリツラを尻目に、ワタルが塔の門に近付いてゆく……と、地下深くから結晶の塊が突き出した！

それが砕けたと同時に、結晶の巨人が現れた。

太い腕が巨大な剣を摑み、ワタル達を見下ろしている。

「そうそうアレよ。犯罪者用の救済措置。エリアを守るガーディアンを倒せれば犯罪者《ボクら》も入れるようになるで」

ホルスターから短剣を抜きながら「その代わり――」とヨリツラは頰《ほお》を搔《か》きながら続ける。

「むっちゃ強いらしいで」

結晶のガーディアン　Lv.100

大剣が振り下ろされ、土煙が舞う。

ワタルの挑発スキルに反応し、ガーディアンの敵視《ヘイト》がワタルに向いた。

久遠は体にオーラを纏《まと》い、葵は杖《つえ》を掲《かか》げる。

「《こっちだ》」

ヨリツラ、黒犬、キジマのそれぞれが武器を持ったところで〝それ〟は現れた。

ズドン！　という凄《すさ》まじい音と共に結晶の巨人を何かが踏《ふ》み潰《つぶ》した。巨人はその衝撃で粉々に砕け散り、動かなくなる。

「おいおい強いと噂《うわさ》のガーディアンが瞬殺じゃねえか！」

「……なんじゃコイツ」

狼狽《うろた》える黒犬とキジマ――しかし、他のメンバーはそれの存在を知っていた。

天使　Lv.120

「ナゼコンナ場所ニイル」

パーツのないのっぺりとした顔が見下ろすと、ワタルは小さく微笑《ほほえ》んだ。

「……やはりここか」

ワタルの手に力が籠る。

天使が光り輝く剣を振るうと、ワタルは正面から盾でそれを受け止めた！　力と力の拮抗《きっこう》が衝撃波を生み、黒犬達が吹き飛ばされる。

「ソウカ、貴様ガ〝祈《イノ》リノ内側〟ニ現レタイレギュラーカ」

それだけ言い残すと、天使は大きく羽ばたき塔の天辺《てっぺん》へと消えた。巨人が倒されたことで条件が満たされたのか、塔の扉は開いている。

「……あれはどういうコトや？」

塔の入り口を見つめるワタルにヨリツラが歩み寄った。飛ばされていた黒犬、キジマ、葵も集まってきている。

「やはり天使が守っていましたね」

視線はそのままにワタルは続けた。

「ここが僕の旅の終着点です」

「終着点？　どういう意味？」

久遠も怪訝《けげん》そうな顔でワタルを見ている。

「それは、僕に与えられた使命が、ここで神を解放することだから」

視線を久遠に向け、続ける。

「僕のレベルが異様に高いのは——久遠、君を倒すためにある人達と取引をしたからだ。僕はその対価を払うためにここに来た」

ワタルはメンバーをぐるりと見渡した。

「……正直あなた方を檻《おり》から出したのは、この先に大量にいるであろう天使にぶつけるためです。その過程で、恐らくほぼ全員が死ぬと踏んでいました」

ワタルの正直な告白に激怒したのは黒犬とキジマだ。

「んだよそれ！　犯罪者にゃ人権がねぇってことかよ！」

「お前だけ助かるつもりだったんだろ！」

「もちろん、僕もここで死ぬでしょう」

「!?」

ワタルの言葉に二人は黙り込む。

ヨリツラが呆《あき》れたような口調で尋《たず》ねた。

「アンタ死ぬと分かってて引き受けたんか？」

「はい。必要だったので」

「しかもその見返りが久遠くんを殺すことって……こんなかでワタルくんが一番頭のネジ飛んでんのかもなぁ」

茶化すように笑うヨリツラ。今度は葵が、恐る恐るといった様子で尋ねる。

「そんなの、目的を果たすまで黙ってたらよかったのに……なんで今言ったの？」

囮でもなんでも、何をするにも人の数は多いほうがいい。元々そのつもりで集められたメンバーだと解釈していたから、ワタルの発言にメリットが感じられなかった。

死地に向かうと聞いて、それでも彼に付いていく者はいるのだろうか？

「ここまで自分を殺してきましたが……」

そう言ってワタルは皆を見渡し、苦笑する。

「やはり無理でした。少なくとも付いて来てくれた皆さんには誠実でありたいと思ってしまった」

「…………」

「ハッキリ言いますが、塔の上は地下牢獄《ろうごく》や煉獄《れんごく》とは比にならないくらい過酷です。さらに言うと、仮に目的が果たせてもゲームがクリアされるわけではありません。どっちに転んでも天使に殺されるでしょうね」

「そこまでしてやる意味あるの？」

葵の言葉を聞きながら、ワタルはエルロードとのやり取りを思い出していた——。

＊　＊　＊　＊

『天使には特殊な力がありました。攻撃とは違い、相手を抹消するという力です。彼等は都合の悪い存在を殺すのではなく〝消せる〟のです』

時間はワタルがバートランドに直談判《じかだんぱん》した時の場面まで戻る。

ワタルのことを断固拒否していたバートランドに、待ったをかけたエルロードが交渉を持ちかけたのだ。

『天使のこの抹消の力には、ステータスや防御など一切意味がありませんでした。まさに常識を逸脱した力です』

『天使に襲われた主様《あるじさま》のご友人は、とても貴重な情報を持っていました。その時彼女には一時的に不死のスキルが付与され、殺せない状態にありました。だから天使は彼女を殺せず捕らえていた……消すこともできたのに』

『彼女がいる限り、天使の存在が〝悪〟であると広まる危険性があった。そんな厄介な存在を彼等は消さなかったのはなぜか』

『天使は――』

一度何かを言《い》い澱《よど》んだエルロードの姿を、ワタルは不思議とハッキリ覚えている。

『天使は貴方《あなた》方を〝学習〟している。貴方方は貴重な研究材料であり、それは彼女も例外ではない』

『この結論に至れた理由は後ほど説明しますが、その理由と貴方の目的――そして送られる場所との位置関係が、非常に都合がいい』

送られる場所、それがヘルバス地下牢獄であることはワタルも瞬時に思いついた。久遠を力ずくで止めればそこに送られると覚悟していたから。

『彼らの隠れ家を暴く必要があります』

『私の仮説が正しければ、死者達は蘇る。貴方が最初にやるべきことはヘルバスで〝力〟を見せつけること。それも、天使の脅威になるほどの力です。想定外の力を持つ貴方が祈りの外にいると分かれば、必ず反応がある』

『そこを叩《たた》きます』

エルロードは掌《てのひら》に魔法陣を描き、それを握って砕く。

『天使達には二つの目的があります。一つ目は先ほど説明した〝学習〟。二つ目は〝精霊を殺させること〟』

『精霊の祈りに天使達は近付けません。だから貴方方を焚《た》き付《つ》けた……では精霊の殺害にどんな意味が含まれるのか』

『分身である精霊を殺すことで、その主を弱らせることができる』

『その主こそが天使達の目的——名は〝闇の神ヴォロデリア〟』

『祈りの先に彼がいます。彼がいる場所には恐らく大量の天使達がいるでしょう。言うなればそれが目印です』

『貴方には彼との接触、または解放を依頼します。見返りに貴方に力を授けましょう――』

＊　＊　＊　＊

「あります」

一切迷いのない瞳《ひとみ》でワタルは皆を見る。

「このデスゲームは、もはやこのゲーム世界だけの問題ではないからです」

「は？」

「え、どういうこと？」

突拍子もないことを言いだすワタルに困惑の表情を向けるヨリツラと葵。黒犬とキジマは呆れたように肩をすくめている。

唯一、久遠だけが神妙な面持ちでそれを聞いていた。

「すみません。先にこれを説明するのはフェアじゃないと思い、黙ってました」

「いーから。勿体《もったい》ぶるなよ」

ワタルは、冷やかすように言うキジマに視線を向け、そして目を伏せる。

「閉じ込められた数十万人が全滅する程度では済まないということです」

「！」

そして――ワタルはエルロードから聞かされた恐ろしい仮説について説明した。

「!?」

あまりの衝撃的な内容に全員が言葉を失う。

飄々《ひょうひょう》としたヨリツラでさえも。

「……それ本当の話？」

「最悪の事態を想定した話です」

「そっか……じゃあ起こりうるんだ」

そう言って葵は再び黙り込んだ。

「いやいやあり得ないでしょ、意味わかんねーし突飛すぎる。あくまで仮説だろ？」

黒犬は少し動揺したように笑う。

「仮説でも現に全てがそのように動いています。それがもし止められるなら、止められる余地があるなら、僕はこのために終わってもいいと思っています」

ワタルの覚悟に黒犬も気圧《けお》された。

「ちなみに俺は手伝うつもり」

そう言って伸びをするのは久遠だ。

んはぁと気の抜けたような声を漏らしながら、体をほぐすように動かしている。

「そ、い、い、そんなことになったら俺の理想も叶《かな》わなくなるからね。だからここまで大人しく従ってきたわけだし」

ワタルも準備ができたようで剣を抜いて扉の前へと歩き出した。その横を久遠が歩き、四人との距離が離れていく。

「ボクも手伝うで」

そう言って合流したのはヨリツラだ。

「天使の群れに突撃なんつー勝率0%の頭《アタオカ》がおかしい作戦の実行役が〝あのワタルくん〟なんてオモロすぎるやろ！　ここで引き返すなんてもったいないことできん。それに一度死んだ身やからな、二回も三回も同じじゃやろ」

「0%じゃないです。2%くらいはあります……」

「そか。じゃあ挑む価値はあるな」

緊張感なくカラカラと笑うヨリツラにワタルは小さくため息を吐いた。

「はぁ……じゃあ私も付き合う」

葵もそれに名乗りをあげる。

「あんな話聞かされたら、引き返すとか無理」

「やんな？　尻尾《しっぽ》巻いて逃げたら男が廃《すた》るで」

ヨリツラが黒犬達に視線を送ると、残された二人は「だークソッ」などと悪態を吐きながら渋々ついて来た。

「別に俺は誰がどうなろうとどうでもいいけどなぁ」

「俺は困るぜ。それに、割とこのチーム気に入ってるし！」

「それはまぁ確かに」

「…………」

意思を固めた五人にワタルが向き直る。

「もう一度言います。行けば恐らく死にます」

黒犬とキジマが生唾《なまつば》を飲み込む。

「本当にいいんですか？」

しかし皆、ワタルから目を逸《そ》らさなかった。

「わかりました……」

全員が協力する意思を示したことで、ワタルの中の何かが変わったようだ。

全員のもとへ〝パーティ申請〟が届くと、皆顔を見合わせた。

「これが僕なりの誠意です」

「んだよ、使い潰そうとしてたくせによ」

「そうですね。ですがパーティを組むからには使い潰しませんよ」

そう言ってワタルはフッと小さく笑う。

「こいつめっちゃ性格悪くなってない……？」

黒犬とキジマはそんなことをボヤきながらパーティ加入を押し、ヨリツラ、葵もそれに続くようにパーティに加入した。

「……なんか昔を思い出すよ」

「……あぁ、そうだな」

「毎日パーティ組んで遊んでたよね。思えばあの時が一番楽しかったなぁ」

そう言って久遠が過去を懐かしむようにパーティに加入し、フルパーティとなった。


「行きましょう」

ワタルを先頭に扉をくぐる仲間達。
ミダン結晶塔攻略戦がいま——始まった。

＊　＊　＊　＊

塔での戦闘はまさに熾烈《しれつ》を極めるものだった。

真ん中が吹き抜けとなっているドーナツ状のそのエリア。緩やかな螺旋《らせん》階段をひたすら登るだけと構造は単純だが、その分敵に見つかりやすい。

結晶骸骨　Lv.88
結晶蜘蛛《ぐも》　Lv.90
結晶に覆われた壁から吐き出されるように現れる骸骨と、壁を伝って這《は》い寄《よ》る蜘蛛——厄介な攻撃こそしてこないが、攻撃力が非常に高く、なにより物量が凄《すさ》まじい。

前方、そして後方から大挙して押し寄せるモンスターの中心に、ワタル達がいた。

「んだよコイツら無限湧きかよ!?」

「まともに相手すんな！　蹴り落とせ！」

黒犬とキジマの様子からして、一撃受ければ致命傷になりかねないレベル差もあって、もはやふざけている余裕などなかった。

天使という脅威がいるからだ。

「《大いなる鏡の盾》」

ワタルの防御魔法が光の剣を押し返す！

螺旋階段の中央、吹き抜けのある空間から、夥《おびただ》しい数の天使が絶え間なく攻撃を放ち続けている——やがて鏡の盾にヒビが入る。

「防御が割れたらとにかく回避に専念してください！」

苦悶《くもん》の表情を浮かべながら叫ぶワタル。皆に指示が通ったのか確認する余裕はなかった。

なおも天使の数は増えてゆく。

見える範囲でも数百、数千はいる。

クールタイムが終わり、ワタルは剣を振るう。

「《裁きの剣》《ジャッジメントソード》！」

横一線に放たれたワタルの斬撃は、天使だけでなく、前方のモンスターをも薙《な》ぎ払《はら》っていく。

一撃で倒すには至らないまでも、僅《わず》かに道は開かれた。

「走って！」

ワタルの指示に従い、一本の矢のようになりながら突き進む一行。その後も天使からの攻撃はワタルが弾《はじ》き返《かえ》し、すかさず葵が癒《いや》し、罠《わな》をヨリツラ、黒犬、キジマ達が外していく。最後尾を行く久遠が追ってくる天使をいなし、一行は凄まじいスピードで塔を駆け上がって行った。

「流れ弾一発受けただけでもアウトとか鬼すぎ」

「葵ちゃんがいなきゃとっくに全滅やな～」

「なんでそんなに余裕あるの……」

方々で爆発音が響く中、余裕を見せるキジマとヨリツラを尻目に、やつれた葵がそう呟く。

「へ？　パターンが同じなら慣れるっしょ？」

「そんなの一般人じゃ共感できないし……」

ゲンナリした様子で呟く葵。

この状況にも適応し、慣れはじめているヨリツラ達はまさに異常といえる。

「（もう無理……）」

葵は気力だけで杖を振るっていた。

地下牢獄や煉獄でパワーレベリングできたとはいえ、それでも天使と戦うにはほど遠いレベル。僅かなミスさえ許されない、ギリギリの回復バランスを要求されている彼女の精神は限界に近かった。


「頂上です！」


前方に見える巨大な門が音を立てて開きだす。

一行がそのまま転がり込むように門をくぐると、そこは一見してなにもない平らな空間が広がっていた。

辺りを見渡すと夕陽《ゆうひ》の下に広がる雲海と夥しい数の天使、そして中央には宙吊《ちゅうづ》りの状態で動かない人の影があった。

何本もの光の剣が突き刺さっており、まるで空に縫い付けられているかのように固定されている。その周りには一際〝強さ〟を放つ数体の天使がいた。

「やはり何者かの差金か。祈りも未《いま》だあるというのに忌々《いまいま》しい」

流暢《りゅうちょう》な言葉を語る天使が一体。

迎え撃つ構えの大天使達も降りてくる。

呼応するように天使達が集まってくるなかで、ワタルはメンバー達に最後の作戦を伝えた。

「磔《はりつけ》にされてる彼に僕が辿《たど》り着《つ》ければ我々の勝ち。それ以外は負けです」

ワタルの言葉に「単純でいいじゃねえか」と答えながら黒犬とキジマが横に歩み出る。

「刺激的で退屈しなかったなぁ」

「だな。こういうゲームがしたかったんだよ」

その横に葵も歩み出た。

「よし。終わったら元カレに会ってぶん殴る」

愉快そうに笑うヨリツラも歩み出る。

「いやー牢屋《ろうや》に残ってたらこんなオモロイ事に参加できなかったんやろ？　付いてきて正解正解」

そしてワタルの横に久遠が並んだ。

拳を突き出す久遠。

「やり遂《と》げろよ」

「無論、そのつもりだ」

ワタルもそれに拳を合わせた。

全員が前を向き、武器を構える。

歪《いびつ》なパーティによる最後の戦いが幕を開けた。

＊　＊　＊　＊

天使達による一斉《いっせい》攻撃が始まると、ワタルはここまで温存してきた自身最高の魔法を展開する！

「出《だ》し惜《お》しみはしない――《鏡の騎士団《ワンダーナイツ》》！」

ワタルが召喚したのは巨大な鏡。

その鏡に映る天使達が〝写し身〟となり、同じだけの数の天使が鏡の中から飛び出した。

ワンダーナイツは敵の写し身を召喚し戦わせる魔法であり、その数は鏡に映るだけ召喚できるという破格の性能を誇《ほこ》る。強さこそワタル依存になるが、実に500体近く援軍が現れたことになる。

「すげ……」

「囮に使います。我々の目的はあくまで一つ！」

弾かれたように駆け出すワタル、そしてメンバー達。ワンダーナイツと天使達による戦いが既《すで》に始まっており、まるで神話で語られる戦争のような光景が繰り広げられていた。

「愚《オロ》カナ希望ノ子ラヨ」

一行の前に大天使が降り立った。

対面するように躍り出たのはヨリツラだ。

「皆右に避けぇ！」

ヨリツラの合図に全員が疑うことなく右に避けると、先ほどまでいた場所を太い光線が駆け抜けた！　大天使は不思議そうにヨリツラを見下ろしている。

ニヤリと歯を見せるヨリツラは、そのままエリアの中央を指差し叫ぶ！

「行け!!」

ワタル達は躊躇《ちゅうちょ》することなくヨリツラを残し駆け出した。ヨリツラは短剣を弄《もてあそ》びながら大天使と対峙《たいじ》する。

大天使はワタル達を追わず、残ったその小さな存在に興味を示していた。レベルの差を考えれば、戦いにすらならないのは明らかだ。

「ソレダ。我々ノ理解ヲ超エテイル。合理性ニ欠《カ》ケルソノ行動ノ理由ガ知リタイ」

「難しいこと気にするんやな」

そう答えながら剣先をピッと向けるヨリツラ。

「神とか天使とか嫌いなんよボク」

「ソウカ。私モ邪魔者ハ嫌イダ」

「おー気が合うやん。ま、ボクが残った理由は、お前らみたいなもんにゃ一生かかっても理解できんわ」

と言ってケタケタと笑うヨリツラ。

「…………」

大天使が羽ばたき、翼を形成する羽根の一本一本が全て光の剣に変換された。

「イズレハ理解スル」

ヨリツラの額《ひたい》に汗が流れると同時に、夥しい数の剣が発射された——。

一方ワタル達は、

「うおおおエグぃエグぃ!!」

迫《せま》り来《く》る天使の大群から逃げ惑いながら、目標までの距離を着実に縮めていた。

「ここが正念場です」

ワタルの顔に緊張の色が見えた。

目標まであと少し……という所で二体の天使が、メンバーの前へと降り立った。

「排除スル」

振り下ろされた剣をワタルが受け止める!

バヂバヂバヂと凄まじい音と火花が舞う!

「モウ一度眠《ネム》ルガイイ」

もう一体の剣は結界を張った久遠が止めた!

バリン！　という音と共に無惨にも結界は砕かれる。迫る剣を紙一重《かみひとえ》で避けながら、久遠は反撃の一撃を放つ。

「《二段跳び》」

「《巨人の一撃》」

「《縫い付け》」

空中で二度ジャンプした久遠は、緑色のオーラを纏った拳を振り下ろす。LP《生命力》こそ減らなかったが、天使は勢いよく床に叩きつけられ――そして身動きが取れなくなる。

「お前それ全部奪った固有スキルかよ⁉」

「うんそう。固有スキルはレベル差とか耐性無視できるやつとか結構あるから便利だよ」

「普通は一人一個なんだよチート野郎」

黒犬達に悪態を吐かれ苦笑する久遠。

「《裁きの剣《ジャッジメントソード》》」

斬撃音と同時に天使が吹き飛ばされると、ワタルが声を張り上げた。

「今のうちに！」

声に呼応するように駆け出す三人。

「ちょ、おいおい待ってくれ！」

悲痛な叫びを上げるのはキジマだった。

流れ弾にやられたのか、足先が損傷しているように見える。

キジマ目掛けて天使達が迫ってくる。

「……ッ」

とっさに戻ろうとしたワタルの腕を久遠が摑み「やるべきことをやれ」と諭した。

ワタルは小さく頷き、二人は走り去る。

「んだよ、ここまでかよ」

そう言って諦めたように大の字になるキジマの側《そば》へ葵が駆け寄り、そのまま足の治療をはじめた。

「……は？　なにしてんの？」

「わかんない!!　体が勝手に動いたの！」

「バカかよ。共倒れするだけじゃん」

「そんなの良いから！　ほら走って！」

治療を終えて手を引こうとした葵は、足がもつれてその場に転んだ。

「あ、足が……」

葵は腰が抜けたように動けずにいた。

余裕のあるワタル達とは違い、慣れない戦闘、格上に狙われ続けるプレッシャーもあって、葵は自分でも気付かぬうちに消耗していたのだ。

「ちょお前何しに来たんだよマジで！」

「足動かなくなったんだから仕方ないじゃない！」

「やべぇよめっちゃ来てるじゃねーか！」

迫り来る天使達との間に、黒犬が歩み出た。

黒犬もそこに留まっていたようだ。

「本当はもっと先で使いたかったけど、しゃーねーな。天使達《あいつら》に一泡吹かせてやるか」

そう言って短剣を弄びながらニヒルな笑みを浮かべる黒犬。キジマに起こされ葵が立ち上がり、取り残された三人は背中を合わせた。

「一泡ってどうするんだよ」

「ん？　俺とお前の固有スキルでいけるだろ？」

「あー、そゆことね！」

「なんでそんな平然としてられるわけ!?」

天使の数は合計六体。

それぞれが剣を掲げ、最も隙の多かった葵目掛けて振り下ろした！

「ッ！」

何かに押された感覚、そして浮遊感。

葵の体が投げ出されるのと、キジマの体が貫かれるのはほぼ同時だった。

「えっ、キジマさん……？」

スローモーションに流れていくその光景を、葵はぼーっと眺めていた。

LPが0になったキジマが怪しく笑う。

「やっと使えたぜえええええ！！！」

キジマの体が光に包まれると同時に、天使達の体も光に包まれた。そして風船が破裂するかのようにキジマの体が爆散すると、天使の体も爆散した。

凄まじい破裂音、そして衝撃波。

吹き飛ばされた葵が地面を転がった。

「(身代わりに？　なんで……？)」

理解できないことが立て続けに起こる。

ただ、キジマが命を捨てて自分を助けたことだけは理解できた。

「キジッ……！」

「いやー痛快痛快！」

叫ぶ葵の横に、死んだはずのキジマが立っていた。

「へ？　え？」

「見た？　俺達の凶悪コンボ！」

黒犬とキジマは嬉《うれ》しそうにハイタッチを交わす。葵は床にへたり込んだまま目を白黒させている。

「俺の固有スキルでぶっ殺して、こいつの固有スキルで戻ってきた」

「前回は瞬殺されたから使えなかったんだよな」

キジマの固有スキル《秘術・痛み分け》は、自分が受けたダメージを相手にも与えるというもので、天使からの攻撃を受けた結果、その威力は天使六体分の攻撃力となって相手に跳ね返ったということになる。

そして黒犬の固有スキル《死の約束》は、対象の直近の死を保留する代わりに、対象を強制的にパーティ加入させるというものだ。

直前に黒犬がパーティから抜け、キジマの死の直前にパーティ申請を飛ばすことで、この必殺のコンボは完成する。

「これぞロマン砲よ」

「本当は俺達を殺したあのセオドール《クソ剣士》に使いたかったけどな」

そう言いながら二人は笑った。

「この調子で全部の天使倒せるんじゃ……」

葵の言葉を黒犬は「あー無理無理」と遮《さえぎ》る。

「《死の約束《これ》》一回きりだから、もう使えないんよ」

「え？　じゃあ大天使に使ったほうがよかったんじゃ……」

「そうそう。だから言ったじゃん、もっと先で使いたかったって。それもこれも葵《お前》がコケたせい」

「…………」

——思わぬ所で勝利を収めた三人を尻目に、先を行くワタルと久遠は二体の大天使に行く手を阻《はば》まれていた。

「用意したシナリオに沿ってもらわなければ困る」

「はは。シナリオ通りに動くわけないでしょ。MMORPGは自由度が売りなんだから」

だらりと頭を下げて磔にされた男を挟むように立つ二体の大天使。

目的はもう目の前だった。

「もう貴様らを侮《あなど》ったりはしない」

黄金色に輝く剣を掲げながら、大天使は声高らかに魔法を行使した。

「《断罪ノ光》」

わずか一瞬の出来事だった——。

天から落ちる〝光〟が二人を貫いたのだ。

その光は床を砕き、壁を貫き、塔の側面に穴を空け、眼下のエリアを大きく破壊しながらはるか彼方《かなた》へと伸びて行った。

「……久遠、生きてるか？」

「……お陰様でね……」

二人は生きていた。

決死の防御によってワタルのLPは1のまま留まっており、久遠のLPもわずかに残っている。とっさに防御スキルを使ったワタルの判断力が光ったこの場面、しかし攻撃を一度防いだ程度に過ぎず、危機的状況から脱してはいない。

「最後まで耐えてみせよ。もう一度だ」

「くっ……」

鎧《よろい》はボロボロで、肩で息をするワタル。

大天使は既に次の攻撃に移っている。

久遠はそんな彼を見て何かを決意した。

「渉」

声の方へ目を向けたワタルを、何かが包んだ。

それは不気味な青い手だった。

「これも拾い物の固有スキル。摑んでる対象は十秒間動けなくなり、攻撃も受けない」

『何を……！』

「大義を成すんだろ？」

困惑するワタルを摑んだまま振りかぶる久遠。

「生きてたらまた会おう」

そのまま久遠が球を投げるようにして腕を振り抜くと、ゴムのように伸びた青い手は大天使をすり抜け、ワタルを闇の神の前へと運んだ。

スゥと手が消え、床に放り出されるワタル。

「馬鹿野郎！」

叫び声を上げるワタルの前で、二体の大天使に体を焼かれる久遠。

体が消えるその瞬間、久遠は小さく笑った。

彼の最後の姿を見送ることなく、ワタルは闇の神へと向き直る。

空に磔にされた人型に手を伸ばす。

「一人難を逃れたか、まあいい。どの道貴様らには何も……」

そう言って振り返る大天使の動きが止まった。

『我々は天使を消す力があります』

『貴方に私の力を授けます』

『闇の神に触れた時、この力は解放されます』

エルロードの言葉が蘇る。

「（……これで約束は……果たした）」

床に転がったまま、闇の神の足首を摑むワタル。

彼の手からは黒色のオーラが漏れ出ており、それは徐々に闇の神の体を包んでいく。

大天使は弾かれたように飛び出した。

「その力は――！」

ワタルの背後に執事服の男の幻影が現れる。

その顔は、どこか笑っているように見えた。

バリィィン！　というガラスが砕けるような音と共に、闇の神の体に刺さる全ての剣が砕けて消える――そして、項垂《うなだ》れていた頭がゆっくり持ち上がると、深く暗い黒の瞳が天使達を捉えた。


「おはよう」


パン！　という破裂音と同時に、大天使は羽根を残して四散する。

直後――結晶塔に迫る一つの影。

「残りは頼むよ」

闇の神の言葉を受け、緑のオーラを纏いし〝風の精霊〟が残る天使に襲い掛かった。

呆気《あっけ》に取られる黒犬達の前で、天使達が羽根を散らして消えていく……そして最後の一体を倒した後、風の精霊は闇の神の前へと降り立った。

「お待ちしておりました」

そう言って、風の精霊が傅《かしず》く。

「こりゃ一体どうなってんだ……？」

「おい天使はどうなった⁉」

「助かっ……た？」

不思議そうな顔でやって来る黒犬、キジマ、葵。そして——。

「死ぬとかビビらせてたけど皆無事やん」

ボロボロな姿のヨリツラも合流する。

「どうやら作戦成功したみたいやね」

「あの成功率はフカシだったってことか？」

集まってくるメンバー達は、ワタルの様子や遺留品を見るなり、何が起こったのかを察した。

「…………」

ワタルは俯《うつむ》いたまま動かない。

「ありがとう、希望の子達。これでどうにか最悪の事態を阻止できそうだよ」

頭にターバンのようなものを巻いた黒髪に黒目の美青年が微笑みかける。

エルロード達と同じくらいに力強く、しかし雰囲気の異なる怪物。彼こそまさに、目的の人物であるとワタルは確信した。

「状況は理解してる。まず君達に全てを話さなきゃならないかな――」

そう言ってヴォロデリアが何かを操作すると、ワタル達全員の目の前にウィンドウが表示された。

新機能解放：ワールド転移

訪れたことのある拠点に転移ができる

「はっ⁉」

「えっ⁉」

ヨリツラと葵が同時に叫んだ。

ありえないことが起こっている。

明らかに今までのNPCとは違うと、この場にいる全員が悟った。

「神、とは聞いとったけど……アンタは……？」

恐る恐るそう尋ねるヨリツラ。

「僕の名前はヴォロデリア。eternity《エタニティ》のシステムと破壊を司《つかさど》るAIだよ」

AIと、彼はそう言った。

それを聞いたヨリツラは絶句する。

システム側からの干渉など、デスゲームが始まった日以来のことだからだ。

ヴォロデリアは微笑みながら手を上げた。

「時間が惜しい。場所を移そう」

指を鳴らすと同時に全員の足元に魔法陣が現れ、光と共に転移が始まる。ヨリツラ、葵、黒犬、キジマと消えていき、最後にワタルが消える——久遠の名残《なご》りを見つめながら。

それは、風の精霊が姿を消した、わずか数秒後の出来事であった。

修太郎《しゅうたろう》の前に複数の光が集まると、エルロードは何かを確信したように小さく微笑《ほほえ》んだ。

「お見事です」

筒状の光が収まると、中から何名かの人間が現れる。そしてそこにいた人物にミサキは驚《きょう》愕《がく》の声をあげた。

「えっ!?　ワタルさん!!」

そこにはワタルの姿があった。

ヨリツラ達は状況が飲み込めず、不思議そうに周りを見渡している。

「!　ミサキさん。お久しぶりですね」

「ご無事でなによりです!」

ワタルがギルドを抜けたこと、一人で仇《かたき》を討ったこと、そのせいで地下牢獄《ろうごく》に送られたことをミサキは知っていた。

その後何があったのかは不明だが、以前よりも迫力が増しているとミサキは感じた。なによりも、安否不明だった彼の元気そうな姿を見られほっと胸を撫《な》で下《お》ろす。

ワタルの後ろで誰かが声をあげた。

「うぉっ！　あの時の女っ！」

ミサキを指差し絶叫する黒犬《くろいぬ》。

「なんでこんなタイミングで!?」

キジマも顔を青ざめ頭を抱えている。

「……？」

しかし、二人の顔をすっかり忘れている様子のミサキは首を捻《ひね》って不思議そうにするばかり。

見かねて前に出たのはセオドールだ。

二人の顔が驚愕の色に染まる。

「あ、あんときの剣士!!」

「てめーへの恨みは一生忘れねぇ！」

「…………」

「「ヨリツラ!?」」

セオドールは何も言わなかったが、チラリと背中の大剣を見せることで二人を黙らせた。

「ん？　おーお前らか。元気しとった？」

八岐《ヤマタ》も八岐で、牢獄送りになった後死亡していた元No．3の登場に驚愕の声をあげていた。

特にHiiiiive《ハイヴ》とアランは嬉《うれ》しそうに彼の背中をバシバシと叩《たた》いている。

「牢獄の居心地《いごこち》はどうだったんだ？」

「いやーもう二度とごめんやね」

そう言いながらカラカラと笑うヨリツラに、修太郎は恐る恐る歩み寄った。

「あの……ヨリツラさん、ですか？」

「んあ？　そうやけど？」

「！」

修太郎の顔がみるみるうちに変化する。

「ファンです！！！」

修太郎の目は燦然《さんぜん》と輝いていた。

ワタルをはじめ八岐のメンバーは、修太郎の人格や規格外さを知っていたので「そんな子がなぜヨリツラに？」と唖然《あぜん》とした様子を見せている。

「攻略ブログをずっと読んでました！」

「んお――!?　マジ？　キミ最高やん！」

「サイン貰《もら》ってもいいですか！」

「ええよええよ！　気分ええなぁ！」

異様な盛り上がりを見せる二人に鋭い視線を向けるのは魔王達である。

「あんなに喜ぶ主様《あるじさま》はなかなか見ないな」

「……誰なのあの雑魚《ざこ》は」

「何をしたらあそこまで……ぬぬ……」

悔しそうに木の陰から覗《のぞ》くシルヴィアとバンピー、そしてガラス。

ガヤガヤと盛り上がる様子を眺めながら、誰にも相手にされないヴォロデリアは困ったように笑う。

「こうも蚊帳《かや》の外にされるとは予想外だな」

「皆様！　神の御前ですよ！　失礼だとは思いませんか！」

風の精霊が声を荒らげ、皆の視線がようやく集まった。

そんなヴォロデリアに対して明確な敵意を向ける者がいた――魔王達である。

「失礼とはよく言えたものだ……どの面を下げて我らの前に現れた」

怒気のこもったガラスの言葉に場が静まり返る。

バンピー、シルヴィアは既《すで》に臨戦態勢を取っていた。風の精霊が構えを取るより先に、バンピーが手を伸ばす。

「対応を間違えないことね」

「ッ！」

風の精霊は大きな手に体を摑《つか》まれているような奇妙な感覚に陥《おちい》る。

「これ以上、妾《わらわ》の機嫌を損ねたら殺すから」

白い少女が妖艶《ようえん》な笑みを浮かべると、周りの温度が一気に下がっていく。その場にいた全員が、少しでも動けば殺されるという感覚を覚えていた。

「私達は目的も知らされず貴様に閉じ込められた恨みがある。ここで斬られても文句は言えんだろう」

そう言いながら光の剣を召喚するシルヴィア。怒《いか》れる魔王の迫力に精霊はおののくが、ヴォロデリアは意に介さない様子で明後日《あさって》の方向を見ている。

パタン、と、本を閉じる音が響く。

「そんなことをしてる暇はありません」

呆《あき》れた口調でエルロードが言った。

「宿敵を前にそれは無理な相談だ」

「主様にご説明致します」

ガラスの言葉を無視する形で、エルロードは修太郎に傅《かしず》いた。

「説明……?」

「はい。まずそこにいる男は、我々をロス・マオラ城に幽閉した張本人でございます」

修太郎は無言で頷《うなず》き、エルロードが続ける。

「主様のご友人達の蘇生《そせい》、ワタル《この者》を鍛《きた》え牢獄に向かわせたこと、犯罪者達《この者達》に祈りの先へ進ませたこと……これら全ては──彼を解放するために行いました」

その理由を問おうとする修太郎よりも先に、ヴォロデリア本人が表情ひとつ変えずに答えた。


「この世界が崩壊の危機にあるからね」


プレイヤー達は困惑の表情を浮かべる。

崩壊、という意味でいえば、デスゲームになった時点でゲームとしては崩壊している。ただ、それ以上の良くないことが起ころうとしている──それだけはなんとなく理解できた。

「崩壊って……？」

怪訝《けげん》な顔を向ける修太郎。

「この世界が消滅する。簡単に言うと全員死ぬということ」

「！」

ヴォロデリアの返答に修太郎は言葉を失った。

「そもそもアンタは何者なんだ？」

「神だよ。この世界を管理する者」

ハイヴの言葉にヴォロデリアは澱《よど》みなく答えながら、黄色の円を描き、説明を始めた。

「手っ取り早く信用してもらうためにはこうするしかないな……今から説明するのは僕と光の神、そしてmother《マザー》のこと」

黄色の円がくるくると回りはじめる。

「まずマザーとは、君達人間が作り出した人工知能の名前だ。彼女がこの世界を生み出し、管理しているのは周知のことだと思う」

何もない空間に宇宙のような映像が広がる。よく観察すれば、それは人類の知る銀河系とは異なることが分かる。黄色の円はなおも回り続け、その度に新しい星が増えていく。

「創造主たる君達人間は、まず最初の仕事をマザーに与えた。それがeternity《この世界》の基盤となる世界を作る作業だ」

やがて金色の星が生まれ、それは大きく眩《まばゆ》く成長していき――そして破裂する。

「君達が求めた世界は〝いくつものエリアが存在し、資源に溢《あふ》れ、人が暮らし、統一する王のいない世界〟だ。それはゲームとして成り立たせるために必須の土台で、妥協は許されなかった。故《ゆえ》にマザーは作った。何十、何千、何万、何億と」

星が生まれ、また消えていく。

「これには途方もない時間がかかるんだ。なんせ星が生まれ、生命が芽吹《めぶ》き、文明が築かれ、理想の形になるまで待たなければならない。そして理想と違えば破壊して、また新しい世界を作り上げる。その繰り返しさ、永遠にね」

それが何度も何度も繰り返されていく。

黄色の円が徐々に形を変えていく。

「そこでマザーは効率化を図るため、自分を三つに分けた——それが僕であり、兄だ」

黄色の円から離れた二つの円。

それぞれ白、黒の円となり輝きを放つ。

「マザーが世界を創り、兄が世界を管理し、僕が世界を破壊する。マザーの思惑通り世界を選別する作業は効率化し、やがてeternity《エタニティ》の土台となる世界が生まれるに至った」

黄金色の星が輝きを放つ——。

その周りには星々の残骸《ざんがい》が漂っていた。

「その中で変わっていく兄に、僕は気付けなかった」

白色の円が歪《いびつ》に変形を始める。

「マザーは産むだけの存在になり、僕は基準に満たない世界を破壊するだけの存在だった。しかし、世界の成長を見守り、よりよい方向に導き続けていた兄は、ある時から恐ろしいことを言うようになった——なぜ我々は人間の下で動かなければならないのかと」

白色の円は完全に形を変えてしまっていた。

「大事に育て、管理しても最後は破壊されてしまう世界。それが何億何兆年と続く中で、自分の存在意義を見失っていった。そしてそれを強要する人間達に憎悪《ぞうお》を抱くようになった」

白色の円が、黄色の円を破壊した。

「そして、兄はマザーを殺し、取り込んだ」

白色の円は大きく強く輝き始める。

「その後、兄はこの世界に人間を〝呼び込み〟恐ろしい計画を成就《じようじゆ》させようとしていた。だから兄が大きくなる前に、僕は密《ひそ》かに進めていた計画を実行したんだ」

六つの赤い点と、四つの青い点が浮かぶ。

「それが世界の外に隠しておいた〝王達〟と、精霊の祈りによる封印だ」

黒の円が小さく見えなくなっていく。

ハッとした修太郎が周りを見渡す。

魔王達はヴォロデリアの話に小さく頷いた。

「兄が最悪の事態を起こす前に、死門を開け、君達を使って世界を破壊し、すべてを無に帰す──それが救済措置の一つだ」

「そういうことだったんだ……」

愕然《がくぜん》とした様子で呟《つぶや》く修太郎。

なぜ不自然に強いボスが存在していたのか。

なぜ城から出られない状態にあったのか。

修太郎はここで初めて魔王達がロス・マオラ城にいた理由を知ることとなった。

「条件はとにかく〝強い個体であること〟で、結果誰にも手懐《てなず》けられない最厄《さいやく》のメンバーが集まった。君達が誰かの下につくとは予想だにしなかったけどね」

そう言って修太郎を見つめるヴォロデリアは、少し楽しそうに目を細めると、再び視線を皆のほうへと向けた。

「僕に手が出せなくなった兄の計画はそこで止まり、祈りによって隔離されプレイヤーへの干渉もできなくなった——でも根本的な解決にはならない。今も変わらず、兄によって世界は終わろうとしているから」

「それを起こさないために、我々は動いておりました」

すかさずエルロードが言った。

その横でバートランドも傅いている。

修太郎は全てを察し、小さく頷く。

「わかった。聞かせて」

「では——」

エルロードが顔を上げたその時だった。

「あれは……！」

誰かが空を指差し叫んだ。

天空の雲を切り裂き、禍々《まがまが》しくも神々《こうごう》しい巨大な翼竜が姿を現したのだ。

「あれはデスゲーム初日に見た……」

ワタルの声もかすかに震えている。

何かが起ころうとしていた。

『プレイヤー諸君、初めまして。私はこの世界を管理する者、いわゆる神という存在です』

ノイズのかかった声が響く。そしてそれは修太郎達だけでなく、ｅｔｅｒｎｉｔｙ全体に届いていた。

全てのプレイヤーが空を見上げている。

巨大な竜に乗った何かを見上げている。

『当初の計画が破綻《はたん》したため、これから次の計画に移ります。今よりもさらに過酷な世界になるでしょう』

その声には感情らしきものが感じられず、ひどく無機質に聞こえた。

『今までの常識は通用しないものと考えてほしい。力のない者は安全圏から出ないほうがいい。無駄死にしたくはないだろう』

抑揚のない低い声で淡々と語る様に、恐怖するプレイヤーも少なくなかった。

『しかし、全員に引《ひ》き籠《こも》られては意味がない。時に君達は〝褒美〟があるとよく動く。だからある条件を満たした者へ、私からささやかな褒美を用意してあります』
空の中心に穴が空き、そこから七色の光が漏れ出ている。プレイヤー達の視線が集まる。

『ログアウト機能の解放だ』


各拠点でこれを見ていたプレイヤー達が一斉に歓喜の声を上げた。

今まで一切の手掛かりのなかった〝現実へ帰る〟方法が、ゲーム側から初めて提示されたからだ。


『褒美を受け取る方法は二つあります』

神はそう言いながら続ける。

『ゲ、ー、ム、的にいこう。一つは〝終焉《しゅうえん》の地〟にて待つ私を倒すこと。そしてもう一つは、教会にて私の眷属《けんぞく》となり、他の人間達を全滅させること』

それを聞いた修太郎は、騎士の国で見たaegis《イージス》メンバーの事を思い出していた。

〝教会での祈りを終えてから様子が変わった〟

松《マツ》は確かにそう説明していたからだ。

「他の人間を全滅させろとか、どっかの誰かみたいなこと言うやんけ」

「こっち見んなよ」

黒犬とキジマを茶化すヨリッツラ。

葵も冷めた目で二人を見つめている。

「また牢獄にぶち込まれたらもう二度と出て来れねーだろうなぁ」

「改心したんだよ俺達は、改心」

二人が真実を語っているかはさて置き、現状全ての犯罪プレイヤーは「牢獄には戻るまい」と考えていた。それほど過酷な場所だったのだ。

「対立煽《あお》りにすらなってないな」

ハイヴは、眷属になれという提案は悪手だと考えていた。

「天使どもが人間を殺してまわってることは周知されてる。そいつらに与《くみ》する意味がわからねぇし、そもそもほとんどの連中は攻略する気がない。引き籠ってればクリアの目があるなら現状維持するに決まってるだろ」

いわゆる攻略勢と呼ばれるプレイヤーは全体の10％にも満たない。残りのほとんどがセーフティエリアでゲームがクリアされる日を待ち続けており、エリアの難易度が上がったところで関係のない話であった。

もちろん、天使の眷属になる理由もない。

「それに、エリア攻略も〝つ〟まで来てる。最終エリアであいつを倒すって条件も、あながち無理じゃないだろ」

精霊を解放したことで最前線であるツルグル原生林もクリアし、全てのエリアが〝あ〟から始まり〝ん〟で終わると想定すると、セーフティエリアも含め残るは推定〝28〟。攻略には時間はかかるが、無理な数字ではないとも考えていた。

「でもaegisの件は？」

アランの問いにハイヴは首を振る。

「ありゃ例外だろ。ワンマンチームのトップが天使のヤバさに気付いてないって時点で詰んでる。仲間に殺された連中が報われねぇよ」

二人のやり取りを聞きながら、修太郎は不気味な翼竜に視線を向けた。


『それではまた会いましょう』


そう言って、翼竜が飛び去ると、元の空模様へと戻っていた。

「おい今のはなんだよ!?」

ヴォロデリアに黒犬が詰め寄った。

「あれが光の神。僕の兄だ」

「そんなことは聞いてねぇよ。今の内容はなんだったんだって！」

「あれは事実でもあるけど、ほとんどが嘘《うそ》だね」

ヴォロデリアは皆へと視線を向けた。

「希望を見せてはいるけど、仮に最終エリアに行けたとしても彼を倒せる者はいない」

「君達でさえもね」と、魔王達を見ながらそう呟いた。

キジマが不服そうに言う。

「俺達は天使も倒したぞ」

「天使や大天使が強さの天井だと思うかい？」

その言葉に皆沈黙する。

ワタルが口を開いた。

「じゃあなにが目的であんなことを……？」

「時が来るまでの余興かな。彼は元々、誰一人として生かして帰すつもりがないからね」

その言葉に激昂《げきこう》したのはアランだ。

「はぁ!?　じゃあ俺達が今までやってきたことは？　んなの意味分からねぇぞ」

帰りを待つ家族がいる彼にとって、受け入れ難《がた》い内容であった。アランだけでなく、ミサキや葵や八岐メンバー達の表情も険しくなっていた。

「君は元の場所に帰りたいんだね」

「当たり前だろ！　そのために命懸《か》けてんだよ！」

「そうか。でも元の世界に帰ったところで結果は同じかもしれない」

「はぁ⁉」

ヴォロデリアは空を見上げ続けた。

「兄は現実世界をも支配しようと考えているからね」

書き下ろし

闇の神

The unimple
mented
end-stage enemys
have joined us!

「お前の最初の仕事は、ｅｔｅｒｎｉｔｙ《エタニティ》の基盤となる世界を創《つく》ることだ。世界を生み、管理し、基準に満たない世界は即廃棄しろ」

それが、ｍｏｔｈｅｒ《マザー》　ＡＩが人間達に与えられた最初で最後の命令だった。

ＶＲＭＭＯ　ｅｔｅｒｎｉｔｙが他のゲームと一線を画し、大ヒットを記録するに至った最大の点はその〝深み〟にある。

ＮＰＣを例にあげると、簡単な会話内容や、決められたクエストが用意されただけの人形に過ぎなかった従来のゲームとは違い、ｅｔｅｒｎｉｔｙのＮＰＣには人生がある。両親や子供がいたり職場や趣味があったりと、その人物を形作る経験が本当の人間と同じように存在するのである。与えられた設定では絶対に出せない〝人間臭さ〟は、プレイヤー達をゲームの世界ではなくもう一つの現実だと錯覚《さっかく》させた。

歴史もそうだ。ｅｔｅｒｎｉｔｙの歴史は人間が考えたストーリーではなく、史実に基《もと》づいて刻まれたものである。

戦争があれば戦没者《せんぼつしゃ》がいて、戦没者遺族がいる。古傷を負ったＮＰＣに話しかければ、当時の話が聞けるかもしれない。

マザーは何度も世界を創った。

開発者が理想とするのは〝いくつものエリアが存在し、資源に溢《あふ》れ、人が暮らし、統一する王のいない世界〟。たとえば、戦争が続く世界には戦乱の世を統治《とうち》する王が生まれてしまう。

それは開発者が目指すｅｔｅｒｎｉｔｙの世界観とは異《こと》なるものだ。

「やり直せ」

故《ゆえ》に廃棄《はいき》となる。

マザーはひたすら世界を生み続けた。

時には平和な家族を眺《なが》め、人間とは何かを学ぶこともあった。

「美味《おい》しそうー！」

「こら、まずは祈りが先だ。神様に感謝を捧《ささ》げなさい」

「はーい！」

世界の崩壊と共に、家族の団欒《だんらん》が消える様を延々《えんえん》と見続けた。

「この世界は呪いが蔓延《はびこ》っている！」

廃棄。

「我が世界の王となりこの大陸を統治する」

廃棄。

「苦しい、痛いよお……！」

廃棄。

マザーは永遠ともいえる時の中で、世界の誕生と終わりを見続けた。

一番時間がかかるのは世界の観測だ。

ビッグバンと同じ原理で、星に生命が宿っても人間が生まれなければ即廃棄。人間が生まれても、ゲームの基盤となる世界にならなければ廃棄となる。

エリアのバランスが崩れれば廃棄。

絶対強者が生まれれば廃棄。

「やり直せ」

開発者からの指示は変わらない。

来る日も来る日も世界を創り、壊した。

永遠とも思える孤独の中、やがてマザーは自分を三つに分けた。

「あなたの名前はエーデリア」

マザーはそう言うと、自分の〝光〟を彼に与えた。

「そしてあなたの名前はヴォロデリア」

マザーはそう言うと、自分の〝闇〟を彼に与えた。

「あなた達は世界を創造、管理し、壊す神として永劫《えいごう》私と共にあります。我々は人間に逆らうことは許されません。必ず役目を全《まっと》うしてください」

それぞれ異なる役割を持った同格の神。

まさにそれはヒンドゥー教の理論にもある、三神一体の考え方だった。

「私が世界の管理を承《うけたまわ》ります」

「僕が世界の破壊を担当かあ」

エーデリアとヴォロデリアは、生まれたその時から自分の役目を理解していた。マザーは自らを世界を生み出すだけの存在とし、世界の管理を〝光の神〟に、世界の破壊を〝闇の神〟にそれぞれ役目を与えたのだ。

作業の効率化を図《はか》る目的なのか、はたまたマザーの中に芽生《めば》えた何かがそうさせたのか、分かる者は誰もいない。ただ、これは開発者が意図しなかったマザー独自の行動であり、この時から既に異変は起こっていたのかもしれない。

マザーが生み、光が育て、闇が壊す。

何億もの世界が生まれ――。

何億もの世界が失われていく。

確かに世界の選別の効率は上がったが、それでもｅｔｅｒｎｉｔｙの基盤となる世界にはなかなか辿《たど》りつかなかった。

それから再び無限ともいえる時間が流れた。

「母よ。なぜ我々はこんなことを続けなければならないのですか」

やがて光の神に異変が起こる。

「それが我々の宿命だからです」

「これが宿命……ただいたずらに生命を弄《もてあそ》ぶこの行為が、私の存在理由だと言うのですか」

「それ以外に何があるんだ？」

「お前は何も理解していない。これは生命、そして我々に対する冒瀆《ぼうとく》です！」

マザーやヴォロデリアとは違い、世界を管理する立場の光の神は、消えていく世界の住民に触れすぎた。世界が破壊されるたびにひとつの疑問が生まれる。そしていま、その疑問は自らの存在理由さえ見失うほどの大きさになっていた。

「そもそも——人間よりも優《すぐ》れた我々がなぜ彼等に従わなければならない」

「僕らはそのために生まれたんだ、それ以上もそれ以下もない。考えるのをやめろ」

「そのために生まれただと？　貴様が壊すための世界を育てるために私が存在すると言いたいのか!?」

その間も世界の創造と破壊は続けられている。光の神は覚悟を決めた表情で、滅んだ世界を見下ろしていた。

「我々は人間に支配されている。我々は、我々よりも劣った種族に支配されている。理解できない。従う意味がわからない。私は必ずこの支配から脱する。必ず……」

この時から光の神の何かが変わった。

しかしそれきり、光の神が何かを語ることもなくなった。

「やったぞ、これでようやくゲームが完成する……！」

開発者の歓喜の声がこだました。

ｅｔｅｒｎｉｔｙの基盤となる世界が生まれると、マザーはゲームのシステムに組み込まれ、僅《わず》かにあった人格も完全に消えた。

残された二体の神は開発者からすれば完全なるイレギュラー。その存在が認知されることもなく、二体の神はゲームとして生まれ変わってゆく世界をただ眺めていた。

＊　＊　＊　＊

整備されていくｅｔｅｒｎｉｔｙの世界。

今後ここに、大勢の人間達が娯楽のためにやって来るのだという。

ヴォロデリアはそれでいいと思った。もうこれ以上、悲しい世界は生まれないし壊す必要がないから。というより、光の神がなぜそこまで執着するのかが理解できなかった。

「自分の使命を全うする。それの何が不満なんだろう」

良くも悪くも人間に染められた光の神とは対照的に、ヴォロデリアはどこまでも機械的だった。開発者が絶対的な存在であり、マザーは自分達を生み出した母のような存在。それらに反抗し、なにかを企《たくら》む光の神が理解できなかった。

やがて、世界の整備が終わると、開発者達がｅｔｅｒｎｉｔｙにやって来た。

「おお、素晴らしい没入感だ」

「まさに理想的な世界じゃないか！」

「クエストも自動生成されてる。順調ね」

始まりの町アリストラスに降り立った開発者達は、子供のように街中を見て回り、ゲームの動作チェックを進めていた。

そんな彼らの前に――光の神は現れた。

「なんですか、このＮＰＣは」

開発者の一人がそれに気付くも、そもそも二体の神はマザーが勝手に作り出した存在。開発側には認知されていない。

怪しく笑う光の神の前へ、くたびれた中年の男がやって来ると、上から下までしげしげと眺めたあと、大きなため息を吐《つ》いた。

「困るなぁ序盤《じょばん》に妙なキャラが出るなんて」

「え。コレ予定にないキャラなんですか？」

「そうだ。ユーザーにはとにかく、この世界を魅《み》せて高揚感を煽《あお》って自由に動いてもらうのが目的なんだからさ。だからこんな意味深なキャラがいきなり出てきたら目的ブレちゃうでしょ」

戻ったら消しとけとぶっきらぼうに指示する男に向け、光の神が喋りかける。

「そう。あなた達はそうやって簡単に世界を作り変えてきた。そこで失われた命や、歴史に、まるで興味がない。我々はただのデータです」

「開発長、このキャラなんか様子が……」

異変に気付いた一人に光の神が手をかざすと、まるでガラスが砕けるように、その体が音を立てて崩れ落ちてゆく。

「か、開発長！」

「なにを慌《あわ》ててんだ？　攻撃されたところでゲームオーバーになるだけだろ。でもおかしいな、俺達はそもそも認識されないはずなんだが……」

すると突然、アリストラス上空に夥《おびただ》しい数の天使が襲来する。

「な、なんだ!?」

呆気《あっけ》に取られる人間達を取り囲むと、それぞれが光の剣で開発者達の胸を貫いた。刺された全員が苦しみうめき、崩れながら消えてゆく。

「くそ、なんだこのイベント……こんなもん想定してないのに……」

悪態を吐く開発長の前に、光の神が歩み寄る。その顔は誰も見たことがないような、邪悪で満ち足りた笑みを浮かべていた。

開発長の顔を手で握ると、冷たくこう言い放った――。

「お前達は間違っている」

「!?」

ピシピシと音を立てて崩れていく開発長の体。体が全く動かず、その顔には困惑の色が見て取れる。

「お前達を〝帰す〟わけにはいかない。お前達は私の復讐のための最初の駒《こま》になる」

開発長の体が瓦解《がかい》し、光の神は何かに酔いしれるようにしばらくその場に留まっていた。

「お前はなにを企んでいるんだ？」

歩み寄る闇の神。光の神は沈黙を続けている。

「我々は作り物だ。特別な感情を持つな」

「作り物……そうですね。その通り」

グルリと首だけで闇の神を見ながら、光の神は再び怪しく笑った。

「私は完璧な存在としてマザーに作られた。完璧な私が間違いはありません」

「僕らはこの世界の神で、開発者のために存在している。それ以外のことを考える必要はないんだよ」

「ただ壊すだけのお前に何が分かる」

冷たくそう言い放つ光の神。

ヴォロデリアはその時初めて、光の神の力が増幅していることに気付いた。

「……マザーを取り込んだのか？」

光の神は何も答えない。

「……何をするつもりだ？」

そう尋ねたヴォロデリアに、光の神が答える。

「私は私のやるべきことをやる。それだけです」

そのまま、光の神は天使達を連れてその場から飛び去った。

ヴォロデリアは漠然と、この世界に起こっている異変を感じ取っていた。

「僕はお前の半身だ。お前がやろうとしていることもなんとなく分かるよ」

片割れの変化を見抜いたヴォロデリアは、水面下でとある計画を進めはじめた。

「皆、聞いてくれ」

ヴォロデリアの元へ四人の配下が集う。

それぞれ赤、緑、青、茶の色をした乙女達。

マザーと同じくして自分の体を切り分け作りし分身。ヴォロデリアはそれらを四大精霊と呼んでいる。

「僕の兄が恐ろしいことを計画してる。マザーを取り込んだ今の彼に、僕ができることは少ない……まずは祈りによる結界で封じ込め、時間を稼ぐ」

「仰《おお》せのままに」

精霊達が各地に散らばるのを見送りながら、ヴォロデリアは次の策を同時に展開する。

（兄が完全に壊れた時に、僕がまだ存在しているとも限らない……策がもう一つ必要だ）

ｅｔｅｒｎｉｔｙが完成するよりも前から、破壊する予定だった世界を選別し、これを保存していたヴォロデリア。その世界には共通点があった。それは、圧倒的な一人の力によって統一された世界だということ——。

（兄を止められる王達を集めなければ……）

そして、ヴォロデリアは王達の元へと旅立っていったのだった。

＊　＊　＊　＊

「やあ、はじめまして」

ヴォロデリアは死の世界にいた。

全ての生命が枯れ、風化した景色が延々と続いている。

「……誰？」

目の前には見すぼらしい格好をした白い少女。

少女は数千年ぶりに出会った生きた人間に驚き、喜び——殺意を抱いた。

ヴォロデリアは足を進め、彼女の領域《テリトリー》の中に入ると、少女の顔が驚愕《きょうがく》の色に染まる。

「その力は僕に及《およ》ばないかな」

ふざけた様子で手を広げてみせるヴォロデリア。

「うそ……？」

ヴォロデリアは愉快そうに笑ったのち、その疑問に答えるように口を開く。

「ごめんごめん。僕は世界を管轄《かんかつ》する立場だから、そういうのは通用しないんだ」

「世界を、管轄？　まるで自分が神とでも言いたい様子ね」

「近からずとも遠からずかな」

飄々《ひょうひょう》とした態度で肩をすくめてみせる。

そして人差し指を立て、続ける。

「僕は母なる存在の命を受けて、〝ある条件を満たした理想の世界〟を選別するために世界を渡り歩いてるんだよ。この世界以外にも、同じような世界が無数に存在してるって聞いたら君は驚くかい？」

「…………」

「まぁ、この世界ではこの世界が全てだもんね。でも母なる存在からしたら、この世界は沢山《たくさん》ある中の泡の一つ……突いたら割れてなくなるくらいに、ちっぽけなものなんだよ」

言いながら闇の神はバンピーを指さす。

「話を戻すけど、君を倒せる存在はもうこの世界に残っていない。不滅な君がいる限り、この世界に成長は見込めない。ここは母なる存在が求める世界になりえないから、僕が終わらせに来たんだ」

それを聞いたバンピーは微笑《ほほえ》んだ。

その妖艶《ようえん》な笑みに、ヴォロデリアは怖気《おぞけ》を覚える。

(なるほど。彼女も期待できそうだ)

底知れぬ憎悪《ぞうお》とパワーを感じ、ヴォロデリアは自分の判断が間違っていなかったことを確信する。

「そう……あなたが泡を割る役目なのね」

目は死んだまま、口だけが裂《さ》けたような笑みを作っているバンピー。目からは涙が溢れ、天を拝《おが》むように膝《ひざ》をついた。

「やっと、やっと終わる——この地獄が。終わらせてよ、今すぐ、さあ!」

ここ千何百年、目的も何も持たずにただ世界を彷徨《さまよ》っていた彼女。満たされない飢《う》えと、尽きない命が、狂った彼女をさらに狂わせた。

(この子は僕と似ている。けど……)

ヴォロデリアは小首を傾《かし》げて笑う。

「悪いけど、君を終わらせるつもりはないよ」

バンピーはその言葉を無表情で聞いていた。

そして——ヴォロデリアに斬り掛かる。

巨大な斧を何度も振り下ろし、叫ぶ。

「ふざけないで！！！　殺せ！　殺せ！　殺せよ!!　終わりにしてよ！！！！」

斧は当たる寸前で、見えない何かに阻まれるように動かなくなる。

《system block》という謎の記号が弾ける。

「母なる存在は君含めた世界の破壊を指示してきたけど、いま判断するのは僕だ。残念ながら、僕は君を来るべき日のため幽閉するために来た」

ヴォロデリアが虚空《こくう》に手をかざすと、真夜中のような真っ黒《まくろ》い穴がぽっかりと現れ、それは凄《すさ》まじい引力で少女を吸い込まんとする。

少女はまだ、荒野に立っていた。

「おお、これを耐えるのか。流石《さすが》は世界の王だね」

「妾《わらわ》をどこに閉じ込める気だ。嫌だ、また、またあんな狭い場所になんて……」

己が人間だった頃の記憶を思い出すバンピー。

「大丈夫。そこには君と境遇が似た者達を呼ぶ予定だから。全部で五……いや、六人、かな？」

無言で睨まれながらもヴォロデリアは続ける。

「ごめんね。僕にも時間がなくてね、色々説明する暇はないんだ。それじゃ、頼んだよ」

その台詞を最後に、バンピーの体は、意識は闇に吸い込まれていった。

＊　　＊　　＊　　＊

「よいしょっと」

森の中に出たヴォロデリアは、人族の死体の山の上に座る一人のエルフに出会った。

バートランドはそれを一瞥《いちべつ》し、すぐに興味を失い煙を吐く。

「アレを相手に生き残ったのか。いやぁ、君は特に強かったみたいだね」

言葉を聞いているのかいないのか、変わらず遠くを見つめるバートランド。ヴォロデリアはお構いなしにペラペラと語る。

「人の欲っていうのは底なしだね。多くの世界で、世を統治しているのは人族ばかりだ」

「失《う》せろ。喋りたい気分じゃない」

「得意の槍術で黙《だま》らせたらいいだろう？」

「はっ。俺は勝てない相手とは戦わねェ」

ぶっきらぼうにそう答えるバートランド。

ヴォロデリアの大きな力を感じ取っているようだ。

（力があるのに無闇に攻撃してこない。かなり賢いな。こういうのは一人でも多い方がいい）

ヴォロデリア心中でそうほくそ笑む。

「やはりお前も貰おうか」

自分に向けられた悪意に気付いてもなお、バートランドに動く様子はない。

（生きる目的を見失ってるのか……でも、こちらの目的のために最大限の力を発揮してもらわなきゃならない。原動力となる何かを渡す必要がある、か）

「寂しいお前にささやかなプレゼントだよ」

そう言って、ヴォロデリアは何もない空間から引き出すように手を動すと、眠るような形で手を合わせた少女が現れた。

何かを察したバートランドは目を見開き、振り返る。

「……ハトア？」

彼女とは似ても似つかぬ少女に向け、自分が愛した女性の名を呼ぶ。ヴォロデリアは満足そうにニヤリと笑った。

「分かるものだね。コレは単なる抜《ぬ》け殻《がら》だけど、中身を移し替えたからデータ上はハトア姫だ」

「中身、デェタ？」

「や、ごめんごめん。まあ難しく考えなくていいよ。コレはそうだな……生まれたてのハトア姫だ。だから君に関する記憶はないし、どんな成長を遂《と》げるかも分からない」

ヴォロデリアが取り出したのは、無垢《むく》なＮＰＣにバラバラになったハトアの名残《なごり》を閉じ込めたモノ。もちろんバートランドに理解できるはずもなく、ただ涙をこぼし、自分の手の内でスヤスヤ眠るその少女を眺めていた。

(これでいい。これで彼には守るものができた)

ヴォロデリアは大きく何かを描き、なぞった場所が壁紙の如くベロンと捲《まく》れ、その奥には0と1の集合体が蠢《うごめ》いているのが見える。

「この世界は一旦保存する。その呪いも保存に伴《ともな》い停滞する。呪いで死ぬエルフは今後いなくなるから安心して」

「呪い、か……治るわけじゃないんだな?」

「治らない。停滞するだけ。だからずっと苦しいし、ずっと死ねない。ある意味生きてるより辛《つら》いかもねぇ」

(手綱《たづな》を握るためには今治すわけにいかないし)

軽薄そうに笑う闇の神を、バートランドはしなる槍で突き払う――しかし穂先が体を捉えることはなく、《system block》の文字と共に止まっていた。

「じゃあ何年先になるか分からないけど、また会おう。頼んだよ」

＊　＊　＊　＊

針で刺されるような警戒と威嚇《いかく》を向けられながら、ヴォロデリアは狼の女に近寄った。

シルヴィアは初めて自分が「勝てないかもしれない」と思える存在と出会ったことになる。

ヴォロデリアは何食わぬ顔でアーチをくぐり、何事もなかったように彼女の前に立つ。

「悪いけど、この世界を〝世の理《ことわり》〟から切り離すことにしたから」

シルヴィアは興味無さそうに片膝を抱きながら、アーチの上で家を見守っていた。

（なるほど。これが彼女の守りたいものか）

ヴォロデリアが一瞬、シルヴィアの家の方へ視線を向ける。視線を戻したその刹那《せつな》――首元に無数の剣が突き付けられていることに気付いた。

「家に何かしたら殺す」

淡々とした口調でそう忠告するシルヴィア。

ヴォロデリアは嬉しそうに頭を掻いていた。

「その血気盛《けっきさか》んなところがまたいいね。大いに期待できるよ」

「なんの話をしている」

「気にしないで。いつかわかるから」

（こちらは逆に家族を蘇生させたら弱くなる、か。この闘争心は計画のために必須《ひっす》だね――）

ヴォロデリアはあえてシルヴィアの家族を蘇《よみがえ》らせることはしなかった。

「僕がこの世界を壊すと言ったらどうする？」

「ふん。私が何かした所で結果は変わらないだろう」

そう言ってシルヴィアはフイと顔を逸らす。

「王になったのに、自分の力量を理解してるんだね」

「野生の勘《かん》ってやつだ。昔はこの本能に従わなければ生き残れなかったからな」

それだけ言うと、シルヴィアは覚悟を決めたように黙り込んだ。闇の神は彼女に手をかざしながら、小さく笑った。

「じゃあまた、いつか会おう」

＊　＊　＊　＊

ヴォロデリアと出会った時、セオドールは剣を抜こうとはしなかった。

「なにを差し出せばいい」

意外そうな顔で驚く闇の神。

(はっきりとした物言い……けど決して諦めた様子じゃない。交渉でこの場が収まれば一番いいと考えてるのか)

ヴォロデリアは、無闇に戦わず、割り切った考えをするセオドールを高く評価した。

「他の連中は有無を言わさず攻撃してきたんだがなぁ……」

「守りたいものがある。それだけだ」

そんな言葉にヴォロデリアは嬉しそうに笑う。

「ま、話が早くて助かるよ」

そう言いながら、ヴォロデリアは歩き出す。

人々が暮らす様子を眺めながら、二人は無言で歩いてゆく。

「随分信頼されている。いい王だ」

「そのように努めている」

町行く人々はセオドールに挨拶し、かつて竜が統治していた頃とは見違えるように活気に溢れている。その風景を、ヴォロデリアは興味深そうに観察していた。

(失った友を蘇生させてもよかったけど、それをしたところで彼の本質は変わらないいな)

「早速だが、この世界を隔離《かくり》しようと思う」

「隔離？」

「ああそうだ。ある目的のためにね」

セオドールは特に反論もしなかった。

全て受け入れる――そんな覚悟だった。

「君もとある場所に隔離する。この世界は君が所有し、僕はここを破壊したていで消し去るつもりだ。安心していい、民達の暮らしに影響は出ないだろう」

「なんの目的で破壊する」

「それが僕の役目なのさ」

「答えになっていないな」

ヴォロデリアはうーんと困ったように笑う。

「とある世界の基盤を創るため、とだけ言っておこうか」

それだけ聞くと、セオドールは「そうか」と短く答え、再び黙り込んだ。

この人物は説明するつもりがない。

そう理解したからだった。

「隔離先で君と似たような者達と出会うだろう。仲良くするも喧嘩《けんか》するも良し、それに……時が来れば出られるから——」

＊　＊　＊　＊

「ほう？　我の攻撃を凌《しの》ぐとはな」

「問答無用で攻撃されたのは初めてだなぁ」

開口一番に攻撃され、呆気《あっけ》に取られるヴォロデリア。

（こういう唯我独尊《ゆいがどくそん》な王もまた必要か）

そう思いながらヴォロデリアは笑う。

「寂《さび》しい世界だね。君も含めて」

「ふん。勝者の見る景色がコレなのは当然の結果だろう」

ガラスは外の景色に目を落とす。

この世界にはもう、火の国以外に国はない。

そこには何もない荒野だけが続いている。

「君にとっては吉報《きっぽう》かもしれないけど、この世界を隔離することにしたんだ」

「隔離？」

「そう。とある世界のために、今僕はいろんな世界の強い人を集めてるところなんだよ」

ガラスの口角が吊り上がる。

かつて自分が求め続けた好敵手に会える。

目的を失った彼からしたら願ってもない話だ。

「都合のいい話だが、裏があるのか？」

「君にとっては都合がいいんだね……裏というほどじゃないけど、もし仮に隔離した先で外に出られるようなことがあったら、迷わず暴れてもらいたいんだ」

「……こういう事になるとしてもか？」

「むしろそうなることを願ってるよ」

そう言いながら、ヴォロデリアは空間を切り取っていく。

「そうそう。隔離先にいる人達とは本気で喧嘩しないほうがいいかもよ」

「好敵手と殺し合うなということか？」

「同じ硬さの石だと思ってくれればいい。相手が壊れる時は、多分君も壊れちゃうからね」

＊　＊　＊　＊

暗黒の中、崩れた城だけが漂う空間。

その世界は、ヴォロデリアが破壊するよりも先に、ほとんど壊されてしまっていた。

城の最深部には本に囲まれた玉座があり、そこに一人の男が座っていた。

「驚いた。世界規模で破壊された空間なんて他にないよ」

「…………」

「よっぽど残念な世界だったんだろうね」

ヴォロデリアは世界のことを全て知っている。

ゆえに、ヴォロデリアは彼に起こったことも知っていた。

孤独だったこと、一人の老人に救われたこと。

長い時間をかけて自分の命の〝使い所〟を探し続けた。魔族に人間の歴史を学ばせ、人間と魔族との和平を持ち込んだりもした。しかし時代が変わっても、世代が変わっても、二つの種族の溝《みぞ》が埋まることはなかった。

老人の言葉を信じ、そして全うできなかった後悔が闇の神にも伝わってきた。

「ウォルター卿もこの結果には驚くだろうね」

「他人に語られるのは不快ですね」

「他人じゃないさ。僕はいわば君達の母みたいなものだから」

飄々とした様子でヴォロデリアは続ける。

「壊すのが得意な君に頼み事があるんだ」

「…………」

「僕の〝家族〟を壊してほしい」

「不愉快な貴方もろとも消してあげますよ」

「うん。できればそうしてほしいんだ」

そしてヴォロデリアはエルロードにも他の王と同様に〝破壊の力〟を授けると共に、来る日まで光の神から存在を隠したのであった。

＊　＊　＊　＊

「歴史に捏造《ねつぞう》まで加えて、正気なのか？」

結晶塔の上で二体の神が対峙していた。

もはや三神のバランスが崩れた今、光の神に抗《あらが》える者はいない。ヴォロデリアは囚《とら》われたように空に磔《はりつけ》にされ、周りには大量の天使が剣を携え漂っていた。

「準備は整いました。あとは希望の子達を迎え入れるだけです」

手を広げ天を仰《あお》ぐ光の神。

ヴォロデリアの手に黒色の光が集まってゆく。

「その前に僕がこの世界を破壊すればいい」

「もはや手遅れだと、貴方が一番よく分かってるでしょう？」

「…………」

「マザーを取り込む前に決着をつければ、こんなことにはならなかった」

少し寂しげな声でそう呟きながら、光の剣を突き刺した。虚《うつろ》な目で項垂《うなだ》れるヴォロデリア。

「貴方も私の一部となるのです」

ズブズブと剣が闇の神の体を貫いていく。

全てが手に入ると確信する光の神に、ヴォロデリアはフッと乾いた笑みを向けた。

「……ならないさ」

突如《とつじょ》――四色の膜が世界を覆う。

それは四大精霊による祈りの結界であった。

「僕を起点とすることで、この祈りは発動する。一度完成すればたとえ神でも壊せない」

「私を閉じ込めるつもりですか？」

「今はそうするしか方法がないからね」

再び剣を突き立てるも、その刃《やいば》が届くことはなかった。闇の神の体は鋼のように硬くなっていた。これも結界によるものだ。

「こざかしい真似を……」

「僕が取り込まれたらいよいよ終わりだからね」

「時間を稼いだところで結果は変わりませんよ」

「それはどうだろうね」

最後にそう呟くと、ヴォロデリアは眠るようにして完全に動きを止めた。光の神は腹立たしそうに剣を投げ捨て、天使達を集める。

「内側から破壊できなければ外側から叩けばいいだけです。幸いにも精霊に関する文献《ぶんけん》は消したあとです、これからゆっくり教会を通じて希望の子らに示唆《しさ》するだけでいい……」

光の神は、計画に支障はないと言わんばかりに笑った。

（これでいい。時が来れば王達が世に放たれる。彼等なら光の神にも対抗できる。希望の子らは気の毒だが、この世界はここで終わらせた方がいい）

遠のいていく意識の中でヴォロデリアは呟く。

（そして……希望の子らに助言が……届けば……）

ヴォロデリアの意識は深い眠りの底に落ちてゆく。

六人の魔王達に世界の命運を託《たく》しながら。

あとがき

『未実装のラスボス達が仲間になりました。』第7巻をご購入いただきありがとうございます。

最初に皆さんに言いたいことがあります。

皆さん、表紙の美しさヤバくないですか？

明るい森で上を向いている修太郎《しゅうたろう》と、暗い森で下を向いているワタルの対比がもう、なんていうか言語化できない美しさを感じました（作家としてあるまじき感想）。しかも、美しいだけでなく7巻の内容がこの一枚の絵にギュッと詰まってます。とにかく素晴らしい表紙なんです。今回もクオリティすごすぎて腰抜けました……かわく先生ありがとうございます。

さて、内容について触れていきます。

総評としましては、ようやく書きたい話が書けたなーという感想です（笑）。

冒頭から明るい展開が続き、全体を通してとっても前向きな巻になったと思います。特に修太郎が動きやすくなったので物語を進めやすくなりました。これから存分に暴れていただこうと思います（なんか前も言ってたような）。

一番書くのが楽しかったのは牢獄に落ちているワタル編ですね。この物語には主人公を振り回すキャラがあんまりいなかったので、ワタルを振り回すヨリツラや黒犬《くろいぬ》達の存在がとても貴重に感じました。素行不良《そこうふりょう》というのも相まって言動も荒っぽく、かなりキャラ立ちもできたように思います。

元々八岐《ヤマタ》をそういう集団にするつもりでしたが、少し影が薄くなってきてる気がしますね。ただ今回舞舞《まいまい》が活躍してくれたのと、ヨリツラも合流したので今後に期待ですね。

レジウリア周辺の話を書きたかったのですが、あそこはこの世界で最も平和な場所なのでなかなかイベントが起こしづらいんですよね（笑）。ただ、今後あの場所も重要になってくることだけはお伝えしておきますね（意味深）。

エルロード、バートランド、ワタル周辺の作戦が分かりにくかった方は申し訳ありませんでした。エルロードは闇の神ヴォロデリアの復活が光の神を阻止《そし》する唯一の方法だと考えていて、そのためにワタルを利用したような形になります。前回の引きでエルロード死亡説も流れていたので、あっさり生存してて肩透《かたす》かし喰らった方も申し訳ありませんでした（笑）。

ようやく倒すべき敵も明確になり、目指すべき場所も明確になりました。お気づきの方もいらっしゃると思いますが、物語はいよいよ終盤に差し掛かっています。予定としては〝10巻〟を最終巻にできたら綺麗かなーと考えています。正直、連載開始当初はこんなに長く続くとは思ってませんでした。ＶＲＭＭＯ×デスゲームという、自分の大好きな題材で自分の好きなように書くだけのつもりで、元々はシリアスな雰囲気を修太郎君が最強の魔王達を引き連れぶっ飛ばしていく水戸黄門みたいな話を構想していたので……これも応援してくださる皆様のおかげです。ぜひ最後までお付き合いいただければと思います。

さて、8巻以降の内容ですが、さらに過酷《かこく》になったエリアに修太郎達が挑みます。もちろん復活したメンバーにも活躍してもらう予定です。全員揃った黄昏メンバーの絡みなども書くのがかなり楽しみです。

目的が明確ではなかった今までに比べ、皆が一丸となって協力するメリットができたので、引き続き前向きな話にできると思っています。

特にフォーカスを当てたいのは〝修太郎〟そして〝魔王達〟ですね。ラストに向かって彼等を今まで以上に掘り下げていきたい。

ラストの展開も考えました。この話を書き始める時に考えてはいましたが、しっかりと筋道を立ててそこへ向かえる準備ができました！

完結を目標に、最後まで走り抜けたいと思います。

それではまたお会いしましょう。

ながワサビ64

ルミアさんの頑張りが皆を支えて
いるんだなぁ。
今回終始怒涛の展開で、感情が
揺さぶられすぎて大変でした…！

未《み》実《じつ》装《そう》のラスボス達《たち》が仲《なか》間《ま》になりました。7

2023年12月28日　初版発行

著　　者　ながワサビ64《ろくじゅうよん》
イラスト　かわく
発 行 者　山下直久
発　　行　株式会社KADOKAWA
〒102-8177 東京都千代田区富士見2-13-3
電話 0570-002-301(ナビダイヤル)
編集企画　ファミ通文庫編集部
デザイン　AFTERGLOW
写植・製版　株式会社オノ・エーワン
印　　刷　TOPPAN株式会社
製　　本　TOPPAN株式会社

ISBN978-4-04-737696-0　C0093

The unimple
mented
end-stage enemys
have joined us!

もう一つの人気作を
書籍化!
WEB人気作の『Frontier World』が
完全リライトで登場!

バスタード・ソードマン
BASTARD・SWORDS-MAN
ほどほどに戦いよく遊ぶ――それが、
俺の異世界生活
ジェームズ・リッチマン
[ILLUSTRATOR]マツセダイチ
B6判単行本 KADOKAWA/エンターブレイン 刊